Die fantastischen Geschichten des

Ludolfus de Witteringe

Bibliografische Informationen der Deutschen Nationalbibliothek:
Die Deutsche Nationalbibliothek verzeichnet diese Publikation in der
deutschen Nationalbibliografie; detaillierte bibliografische Daten sind im
Internet über http://dnb.dnb.de abrufbar.

© 2019 Brigitte Vollenberg, Britt Glaser, Dirk Juschkat, Harald Landgraf
Herstellung und Verlag: BoD – Books on Demand, Norderstedt

ISBN: 978-3-7504-2223-0

Inhalt

Vorwort

Das Buch ist das Ergebnis eines Literaturprojektes der Gladbecker Autorin Brigitte Vollenberg, der Autoren Harald Landgraf, Dirk Juschkat und der Autorin Britt Glaser aus Oer-Erkenschwick. Idee war, anlässlich des 100. Geburtstages der Stadt Gladbeck ein literarisches Werk zu schaffen, das Gegenwart und Geschichte zusammenfließen lässt, als wäre es aus einem Guss.

So wurde mit Ludolfus de Witteringe eine historische Figur gefunden, die das ermöglichte. Was wäre, wenn er damals, vor etwa 800 Jahren, zu einem literarischen Fest eingeladen hätte und man aus der Jetztzeit in die Vergangenheit reisen könnte? Mit diesem Gedanken-Experiment war die Grundlage gelegt, ein großartiges Projekt mit literarischen Einzelleistungen zu beginnen. Das Resultat dieser liebevoll für Gladbecker geschaffenen Gemeinschaftsarbeit halten Sie nun in Ihren Händen.

Da über die historische Figur des Ritters, dem wohl einstigen Erbauer des Hauses und heutigen Schlosses Wittringen, nicht wirklich viel bekannt oder geschichtlich überliefert ist, waren der Fantasie Tür und Tor geöffnet. Klar, dass alle in den Episoden geschilderten Einzelheiten frei erfunden sind, aber tatsächlich auch hätten passieren können ...

Das Schöne daran ist, dass im Nachhinein Ludolfus den Autoren ans Herz gewachsen ist.

Die fantastischen Geschichten des Ludolfus de Witteringe

Trällernd zogen Alex und Micha zum Mittelalterfest, zeitgemäß mit Pelzwesten und mittelalterlichen Hosen bekleidet. An ihren Ledergürteln trugen sie Ledertaschen und Trinkhörner. Schon auf dem Weg stießen sie mit ihren Hörnern an, in die sie zuvor Met gefüllt hatten. Kurz dahinter folgten ihre Freundinnen Claudia und Isabelle in langen, farbigen Röcken. Dazu passten blaue und rote Blusen mit Schnürung. Ihre Bundhauben ließen sie lässig vom Hals herabhängen. Zusätzlich trugen sie schicke Perlenketten. Sie redeten über ihre Arbeit. Doch nun war "brutal Freizeit" angesagt. So nannten sie es. Natürlich waren sie nicht die einzigen auf dem Weg zum Mittelalterfest. Zahlreiche Menschen in langen Gewändern, teils mit Kapuzen und Helmen oder mit Requisiten wie Schilde und Schwertern, strömten zum Schlosshof Wittringen.

Was Alex und Claudia, Micha und Isabelle nicht wussten, war, dass sich andere vor rund 800 Jahren auch schon zu den sommerlichen Lesungen auf der Burg getroffen hatten, auf Einladung von Ludolfus de Witteringe. Auf der Brücke zum Schloss an der Burgstraße stand ein großer Bilderrahmen mitten im Weg, was die vier schon von Weitem sahen.

In nächster Nähe spiegelten sie sich darin. Auf einem Aufsteller stand geschrieben: „Der Weg zum Feste erfolgt durch diesen Spiegel."

„Das klingt ja komplett sinnfrei", tönte Alex.

„Als wenn es ein Zauberspiegel wäre."

„Wär aber cool", sagte Claudia.

„Wenn man hindurchgehen kann, obwohl man sich selbst drin sieht, dann ist das echt abgefahren gemacht", kommentierte Micha, der schon mal mit seinem Fuß in den Rahmen hinein stupste.

Da andere schon von hinten drängten, sie teils überholten und einfach durchgingen, stellten sie sich etwas abseits.

„Na, die anderen gehen auch alle durch", sagte Isabelle. „Ist wohl nur ein Trick."

Neben dem Aufsteller stand noch ein Beistelltisch, darauf abgelegt waren Flyer zum Fest und auch Infos zum Spiegel, der wohl aus dem Jahr 1219 stammte.

Gefunden wurden seine Scherben im Schlamm des Schlossteichs schon vor vielen Jahrhunderten. Ausgegraben, gereinigt und wieder zusammengesetzt, doch dann mit Tüchern verhüllt im Magazin des Hauses an eine Wand gestellt, hinter einen Bauernschrank. Später wiederentdeckt durch Heimatforscher, die allerdings zu schweigen hatten über die geheimnisvolle Kraft, die er in sich trug. Niemals hatte er der Öffentlichkeit präsentiert werden dürfen.

Die Funktion: Immer dann, wenn sich das Fest der sommerlichen Lesung zum 100. Male jährte und die Sonne stark genug schien, dann kann man durch ihn

durchschreiten, obwohl man sich darin spiegelt.
Natürlich hielten die vier den gesamten Text für einen PR-Gag und glaubten dem Ganzen nicht. Sie beschlossen, den anderen zu folgen und gingen durch den Spiegel und spürten ... gar nichts.
Alle anderen Menschen, die sie trafen, verhielten sich auch völlig normal, begaben sich auf den Schlosshof, nahmen Getränke an den mittelalterlichen Schankbuden zu sich, aßen vor Ort gebackenes Brot und geräucherten Fisch.

Ludolfus de Witteringe trat vor die Herrschaften, sprach nach einigen Sätzen der Danksagung an alle angereisten Ritter und Gefolgsleute, edlen Damen und interessierten Bürgern ein großes Willkommen aus. Und begrüßte insbesondere seine Verwandten aus Horst, die es ja erst möglich gemacht hatten, dass er an diesem Ort seine Festung, wie er es nannte, hatte errichten können.

„Echt authentisch gemacht", sagte Alex. „Ja, als wären wir im Mittelalter gelandet", stimmte Micha zu. Claudia nickte ebenfalls: „Auch super edle Stoffe, was der anhat, war bestimmt nicht billig, sich das alles anfertigen zu lassen."
„Von der Stange ist das nicht", meinte Alex. „Ich lass mal die Hörner füllen", Micha stupste Alex in die Seite, um dessen Horn entgegenzunehmen und zog zum Metstand.

Inzwischen ging die Rede Ludolfus weiter. „... und gerade als Freund der hohen Kunst der Literatur freue ich mich insbesondere, die zahlreichen Erzähler und Dichter, die von Eschenbache und Vogelweides, auf diesem Feste ankündigen zu dürfen. Sicher werden auch wieder einige Texte dabei sein – so kenne ich doch meine lieben Freunde aus nah und fern – Texte dabei sein, die mich aufs Korn nehmen, aber ha, ha, ha ..., ihr wisst ja, dass es mir nichts ausmacht. Nur passet auf, dass euch die Schriften nicht verloren gehen, sie sollten für die Nachwelt ..."

Ein Schneider und eine Magd standen beieinander und tuschelten, als sie Ludolfus reden hörten. „Sicher erzählt er jetzt wieder von der Zukunft, von irgendwelchen Maschinen, die das Schreiben übernehmen", sagte der Schneider. „Gut, dass ich das Schneiderhandwerk ausübe, das wird so leicht keine Apparatur übernehmen können."

„Ja, er redet viel und hat eine große Fantasie", entgegnete die Magd. „Erinnern Sie sich noch an die Geschichte mit den Vögeln? Als Ludolfus auf Vögeln durch die Lüfte segeln wollte wie mit dem Pferd übers Land?"

„Hihi, jah", sagte der Schneider und lachte.

„Und die Pferde werden auch bald Apparaturen sein!"

„Genau, haha, alles nur noch Apparaturen."

„Bald präsentiert er uns die Schrift: Ludolfus Apparaturen."

„Genau, haha."

Claudia knuffte Alex in die Seite. „Heee, was stößt ihr mich denn heute alle an?" „Ganz schön anstößig hier", feixte Isa und grinste sardonisch.
Claudia begann zu erzählen: „Weißt du, was die beiden da drüben, ... dreh dich jetzt nicht um ..., gerade erzählt haben? Der eine hat 'ne große Schere dabei, scheint sich als Schneiderlein verkleidet zu haben und die andere ist 'ne Magd. Aber beide sind komplett plemplem, die tun so, als kennen die diesen Ludolfus wirklich, haben die hier Walking Acts im Publikum, die Mittelalter spielen?"

Applaus brandete auf, Ludolfus hatte seine lange, einleitende Rede beendet und der erste mit ihm sehr gut befreundete Dichter betrat den Mittelpunkt auf dem Schlosshof, entrollte mit stolzer Brust und vollem Selbstbewusstsein ein Pergament, von dem er rhythmisch seine Verse ablas.

Der Spiegel | Dirk Juschkat

Gestern, heute, jede Zeit,
Zukunft und Vergangenheit:
alles werden Menschen sehen,
die durch diesen Spiegel gehen.
Und vom Strahl der Macht getroffen
bleiben keine Fragen offen.

Ritter, Mägde, Herren, Damen,
die zu einem Zweck nur kamen,
um der Worte Laut zu frönen,
die in kunterbunten Tönen
von Ereignissen berichten,
manchmal sogar in Gedichten.

Er vereint hier alle Leute,
die von damals und von heute,
schickt gemeinsam sie zur Feier,
Witteringe, Schmitz und Meier,
und so lauschen sie den Werken,
ohne Zauber zu bemerken.

Nur den Leser dieser Seiten
wird das Wissen stets begleiten,
welches bitte nachzusehen,
um den Anlass zu verstehen,
so ein Buch von uns zu schreiben,
es nicht konnten lassen bleiben.

Gladbeck feiert – Hundert Jahre
sind wir Stadt und eine wahre
Perle ist das Wasserschloss,
dem Ludolfus einst entspross.
Und um beides zu verbinden,
mussten wir den Spiegel finden …!

Der Dichter verbeugte sich nach diesem Vortrage, woraufhin das Publikum hocherfreut laut zu klatschen begann. „Unglaublich."
„Bravo!"
„Mehr davon!", war zu hören.
Auch Ludolfus, der gastgebende Moderator, war sichtlich gerührt bis entzückt.
„Am besten finde ich diese Schmitz und Meier", verkündete er lauthals.
„Wieviel Met muss man getrunken haben, um auf solche Einfälle zu kommen. Ho, ho. Aber Spaß beiseite. Wir wollen mehr Geschichten hören, am besten etwas über die Zukunft, über Maschinen und Kutschen ohne Pferde ..."

Inzwischen war Micha vom Brauereiwagen mit gefüllten Hörnern zurückgekehrt: „Hey, der hat mein Geld nicht angenommen und mich echt gefragt, aus welchem Land ich komme." Micha tippte mit seinem Zeigefinger auf seine Stirn. „Ich sagte, ich komme aus Gladbeck. Er fragte, habt Ihr von Gladebeke eigene Münzen?"
„Ja, schon gehört", sagte Alex. „Sowas hat Claudia auch schon erzählt. Alles Walking Acts hier, gekaufte Schauspieler, Stand-in-Doubles. Wie bist du dann an das Bier gekommen?"
„Zahlt alles dieser Ludolfus, wurde mir gesagt, kommt mir mittlerweile zu mittelalterlich vor, das Ganze."
„Ich besorge uns mal Wein", sagte Claudia zu Isabelle, „war ja klar, dass unsere Typen nur zwei Hände haben."

„Lass die mal, die fahren jetzt schon voll ihren Film", sagte Isabelle. „Und bringst du mir ein Quell-Wasser mit, einer muss, glaube ich, bei klarem Verstand bleiben."

Und eh sie sich versahen, trat der nächste Schriftsteller in den Schlosshof, um seine Auszüge zu präsentieren. Gleich sollte es spannend werden.

Die zweite Chance | Britt Glaser

„Muss es denn wirklich sein?", fragte Hildegard mit erstickter Stimme. „Gibt es denn keinen anderen Weg?"

„Ihr könntet zusehen, wie euer Hab und Gut sich in alle Winde verstreut, er ist nun mal ein …"

„Aber muss er denn gleich getötet werden?", unterbrach sie den Geistlichen.

„Nun lasst doch euren Verstand walten! Ludolfus ist ein Träumer! Ein Taugenichts! Niemals schafft er es, alles zu verwalten. Bei der ersten Gelegenheit würde man ihn übers Ohr hauen. Ihr würdet alles verlieren. Am Ende steht ihr ohne irgendwas da. Ihr seid eine Witwe und denkt an euren zweiten Sohn. Denkt an den kleinen Leonhard, er soll doch ein schönes Leben haben."

„Aber Ludolfus soll deshalb sterben?", fragte Hildegard und schluchzte.

Der Geistliche legte eine Hand auf ihre Schulter und flüsterte: „Er wird nichts spüren."

„Wirklich nicht?"

„Er wird einfach nur einschlafen, ich verspreche es."

„Oh Gott im Himmel, was tue ich nur?", sprach die Mutter und schluchzte.

„Ich werde euch Halt geben und wie bisher bei allen Geschäften helfen."

Hildegard hielt sich die Hände vors Gesicht und weinte.

„Gebt mir ein paar Tage Zeit, dann ist es vorbei. Ich helfe euch bei allem und wir verwalten die Burg. Der kleine Leonhard kann dann ungestört heranwachsen."

Ludolfus tüftelte schon den ganzen Tag. Er schloss den großen Topf, der über dem Feuer hing, mit einem Deckel. Das siedende Wasser hob von Zeit zu Zeit den Deckel und schwappte aus dem Topf ins Feuer. Es zischte jedes Mal laut und der Wasserdampf stieg empor. Ludolfus besah das Spektakel von allen Seiten. Hockte sich vor die Feuerstelle und stützte den Kopf mit seinen Händen. Er murmelte etwas vor sich hin. Die Köchin lief mit einem Korb voll Gemüse an ihm vorbei und meinte: „Na, Ludolfus, bist du wieder in Erfinderlaune?"

„Ach Agnes, es muss doch für etwas gut sein, wenn das Feuer solche Kraft hat und sieh nur, was passiert, wenn das Wasser ins Feuer fällt."

„Ich schaue lieber, was das Mahl für heute Abend macht", sagte Agnes und strich Ludolfus liebevoll über den Kopf. „Wenn du vorher schon hungrig bist, schau in der Küche vorbei, hörst du?"

Ludolfus murmelte etwas Unverständliches, was wohl ein „Ja, ist gut" heißen sollte.

Die Küchenhilfe nahm Agnes den Korb ab und sprach: „Dieser Ludolfus, immerzu auf der Suche nach neuen Erfindungen!"

„Ja, das ist er. Aber so ist es besser, als wenn er nur über den Tod seines Vaters nachdenkt."

„Das sehe ich genauso, doch es gibt auch böse Zungen, die behaupten, Ludolfus ist nicht fähig, die Burg zu führen. Jetzt nach seines Vaters Tod."

„Ach, die reden alle viel", sagte Agnes und schlug mit der Hand ab. „Aber lass mal, der Ludolfus ist ein prima Kerl und wenn es darauf ankommt, wird er schon seinen Mann stehen."

„Das glaube ich auch", meinte die Küchenhilfe und nickte.

„Außerdem hat er ja seine Mutter noch, die ihm beisteht."

„Gott segne sie, dass sie noch lange lebe."

„Ja, Gott segne sie und die ganze Familie", sagte die Küchenhilfe schnell.

Beim abendlichen Mahl saßen alle zusammen und Ludolfus beantwortete seinem vierjährigen Bruder viele Fragen, die er hatte. Die Mutter blickte immer wieder ihre Kinder an und sah dabei sehr traurig aus. Es fiel Ludolfus und auch allen anderen auf, doch wunderte es niemanden, da ihr Gatte erst vor wenigen Wochen verstorben war. Niemand ahnte, dass sie in ein Komplott gegen ihren eigenen Sohn eingewilligt hatte. Und sie ahnte nicht, dass der Anschlag bereits heute Nacht stattfinden sollte.

Ludolfus lag auf seinem Bett und grübelte. Er stellte sich immer wieder vor, wie die Menschen das Rad erfanden. Wie kam es wohl dazu? Diese Gedanken waren ihm lieber als die traurigen Grübeleien, die immer wieder auf den Tod seines Vaters hinausliefen. So überlegte er, was er mit seinem Wissen verändern, ja verbessern konnte. Kleinigkeiten waren ihm schon gelungen, aber halt nur winzige Kleinigkeiten. Er hatte ein Rad im Kamin der Küche angebracht, über dem Rad hing ein Seil. Am Ende des Seils war ein Haken befestigt. An ihm befestigte Agnes das Fleisch und über das andere Ende des Seils zog sie es hoch in den Kamin. Dort wurde es, sobald ein Feuer brannte, von Rauch umgeben und dadurch haltbar. Da im Kamin fast immer ein Feuer brannte, war es den Mäusen zu heiß, um in den Kamin zu klettern und das Fleisch zu fressen.

Aber solche Kleinigkeiten genügten ihm nicht, so grübelte er ohne Unterlass weiter, um etwas Besonderes zu erfinden. Gern würde er zum Wettbewerb der Erfinder gehen und sich mit anderen Menschen treffen, die wie er selbst gern Neues erfanden. Dort konnte man seine Ideen vorstellen und mit anderen daran arbeiten. Am Ende hatte man dann etwas erfunden und bekam einen Preis dafür. Der Preis bestand aus Goldstücken, die waren Ludolfus jedoch egal. Gern hätte er sich mit anderen ausgetauscht und einem Gremium von Wissenschaftlern am Ende etwas Großartiges vorgestellt.

Der Vater hatte immer an ihn geglaubt und ihn von klein an alles Mögliche ausprobieren lassen. „Du wirst es schon noch schaffen, etwas Beeindruckendes zu erfinden", gingen ihm die Worte des Vaters durch den Kopf.

Der Qualm des Kaminfeuers, der in das Schlafgemach zog, biss Ludolfus in den Augen und er musste einige Male husten. So entschied er sich, das trockene Wetter auszunutzen und etwas spazieren zu gehen. Er streifte seinen Mantel über und verließ leise das Haus. Der Vollmond spendete Licht. Während Ludolfus über trockenes Laub ging, sog er die kühle Nachtluft tief ein. Der Hund des Stallmeisters begleitete ihn einige Zeit, machte dann aber kehrt und lief zurück. Lange spazierte Ludolfus und ließ seinen Gedanken freien Lauf. Auch die traurigen Gedanken durften in seinem Kopf Einzug halten. Auch das Bewusstsein, das ihn in Wellen zu überschütten schien, welches so schmerzhaft sagte: „Der Vater ist für immer fort".

Ludolfus hielt inne und kniete sich nieder, um ein Gebet für seinen Vater zu sprechen. Das tat gut und trocknete seine Tränen.

Der Mond war schon weitergezogen und es wurde immer kühler. Ludolfus schlug seinen Mantel enger um seinen Leib und lief den Weg zurück zum Haus. Er hielt nach dem vollen prächtigen Mond Ausschau, der sagenumwoben über dem Haus thronte. Plötzlich war auf dem Dach etwas Helles, was seine Aufmerksamkeit in Anspruch nahm. Es bewegte sich mal mehr und mal weniger. Gänsehaut zog sich über Schultern und Hals. Rückwärts stolpernd griff sich Ludolfus an seine Brust, in der sein Herz heftig klopfte. „Ein Geist, ein Geist", flüsterte er. „Bestimmt ist es Vaters Geist, was hat das nur zu bedeuten?" Er hatte das Gefühl, als wollten seine Knie nachgeben. Ihm wurde schwindelig, doch da erkannte er, dass über einem Schornstein kein Geist waberte, sondern ein Bettlaken hing. Es bewegte sich gespenstisch auf und ab. Erleichtert lachte er auf und die anfängliche Angst war nun dem Forschergeist gewichen.

Aus dem Kamin kam die Wärme, die das Feuer verursachte. Diese Wärme, wie das dampfende Wasser aus dem Topf über dem Feuer, das er noch am Tage gesehen hatte, ging immer nach oben. Nie nach unten. Nun war es auch die Wärme des Feuers, die nach oben stieg und das Betttuch immerzu empor hob. „Also, wenn das Laken leichter wäre", flüsterte Ludolfus in die Nacht, „und die Wärme festhielte, könnte ich das Tuch mit Wärme füllen und es wollte emporsteigen wie ein Vogel."

Er blieb noch eine Weile stehen und sah zu, wie das Laken vom Kamin rutschte und auf dem Dach liegen blieb.

„Oh, danke, gütiger Herr im Himmel, für diese Erscheinung", sagte er mit gen Himmel ausgestreckten Armen.

Ludolfus lief zum Eingang des Hauses, wo er seine Mutter schluchzend auf einer Bank vorfand. „Mutter, Mutter, ich habe einen genialen Einfall!", rief er schon von Weitem.

Erschrocken fuhr die Mutter auf und sprach: „Ludolfus, bist du nicht in deiner Kemenate? Um diese Zeit müsstest du doch bereits schlafen."

Ganz aufgeregt versuchte er zu erklären: „Ich konnte nicht schlafen. So bin ich umhergelaufen und hatte einen Einfall, den die Erfinder sicher gern hören und sehen würden."

Die Mutter schluchzte laut und wischte sich die Tränen von den Wangen. Sie umarmte Ludolfus weinend und sprach: „Was hast du denn erfunden, was die weisen Männer interessieren könnte?"

Ludolfus erklärte der Mutter seine Idee mit dem Tuch und der warmen Luft und fuchtelte dabei aufgeregt mit den Armen herum.

Die Mutter lachte laut auf und klatschte in die Hände. Lachend nahm sie Ludolfus bei den Schultern und sprach: „Du solltest dich am Morgen aufmachen und deine Idee den Gelehrten vortragen. Bleib dort und arbeite mit ihnen, solange du möchtest."

Ludolfus lachte und umarmte die Mutter. Doch dann wurde er ernst und sprach: „Aber Mutter, das wäre zwar wunderbar, doch dann wärst du ganz allein mit meinem Bruder und allem anderen. Ich kann dich doch nicht allein lassen, nun wo ich die Burg leiten muss."

Die Mutter straffte die Schultern und sagte: „Ich werde alle Geschäfte für dich führen, bis du wieder zurück bist."

„Aber Mutter …"

Die Mutter nahm Ludolfus Gesicht in ihre Hände und sagte: „Du reist in der Frühe ab und bleibst bei den Gelehrten! So lange du möchtest, das ist mein Wille und es wäre auch der Wille deines Vaters."

Ludolfus umarmte seine Mutter und wischte sich eine Träne von der Wange.

„So, nun zeig mir, was du auf dem Dach gesehen hast."

Sie gingen um das Gemäuer und Ludolfus zeigte hoch zum Dach, aus dem mehrere Schornsteine emporragten. Das Laken war mittlerweile vom Schornstein gerutscht und lag zusammengeschoben auf dem Dach.

Der Geistliche lief ihnen entgegen und fragte laut: „So tief in der Nacht seid ihr noch wach?"

„Ja, wie ihr. Bitte seid so nett und gebt dem Kammerdiener Bescheid, dass Ludolfus abreisen wird. Er soll alle Vorbereitungen treffen."

Am frühen Morgen, bei herrlichem Sonnenschein, verabschiedete sich Ludolfus von Mutter und Bruder, sowie von einigen Bediensteten des Hauses.

Die Köchin wischte sich eine Träne aus dem Augenwinkel und wünschte Ludolfus eine angenehme Reise und alles Gute.

Die Mutter legte der Köchin einen Arm um die Schultern und sprach leise: „Glaub mir, es ist gut so."

„Aber wer leitet nun die Geschicke der Burg?"

„Das werde ich machen."

Die Köchin blickte fragend.

„So wie du die Küche leitest, werde ich die Burg führen, mit allem was dazugehört."

„Ja", sagte die Köchin und nickte.

„Schickt mir die Männer, die immer zuständig dafür waren, die Steuern einzutreiben. Es ist bereits Herbst, durch meines Mannes Tod ist dies scheinbar in Vergessenheit geraten. Schließlich müssen wir Ludolfus unterstützen und zusehen, dass hier alles weiterläuft", wandte sie sich an den Vertreter der Geistlichkeit.

Alex und Claudia, Micha und Isa standen noch immer im Schlosshof und lauschten gebannt den Erzählungen der Vortragskünstler. Inzwischen hatte sich der Schlosshof gut gefüllt. Menschentrauben bildeten sich vor allem vor den Schankwagen.

Wieder Applaus und Bravorufe. Die Stimmung war exzellent. Plötzlich vermischten sich Musiktöne mit dem Klatschen des Publikums. Spielleute hatten ihre Instrumente aufgenommen und begannen freudig zu musizieren, schwungvoll, eindrücklich und aus Sicht unserer vier Besucher der Gegenwart echt authentisch. Ludolfus war zwischen den einzelnen Gästen immer mal wieder zu sichten. Er machte einen unglaublich fröhlichen Eindruck. Ist auch zu erwarten, es ist sein Fest der Feste, der Höhepunkt des Jahres. Und zu einem 100. Jubiläum zudem auch der Höhepunkt seines Lebens, seines Lebens der literarischen Wunder.

Besucher aus der anderen Zeit hatten auch einen Blick auf die Dinge, aus ihrer Perspektive eben. Man muss es sich so vorstellen: Die Freunde, Bekannten und Familienmitglieder rund um Ludolfus liebten diesen Ritter mit all seinen Ecken und Kanten, vor allem aber mit seiner Liebe zur hohen Kunst der Literatur. Gerne gesellte man sich zu ihm, wollte in seiner Nähe sein. Denn Teil seiner Gesellschaft zu sein, bedeutete für viele das höchste der Gefühle. Ein Teil zu sein von seinem Leben und Lebenswerk, erfüllte die Menschen mit Glück. Vor allem aber liebten die Menschen seinen Fanatismus, sicherlich ein Begriff der heutigen Zeit, der damals nicht so in Mode war, wenngleich Ludolfus durchaus ein fanatischer Visionär war, der gerne künstlerisch und literarisch in die Zukunft blickte. Oder in die Zukunft blicken ließ, beispielsweise mit solchen Festivals. Also: Es gesellten sich Menschen dazu, die ihren Blick auf die Dinge hatten und Alex, Michael, Isabelle und Claudia beobachteten. „Welcher Art Weggefährten sind denn diese dort, die so komisch gekleidet sind, mit seltsamen Fellen behangen? Und welch billiger Tand schmückt die Weiber", fragten sich einige sehr abwertend. Ein Gelehrter, der wohl von weither angereist war, sollte irgendwann nach dem Feste mit Papier und Feder die Gedanken festhalten: „Es war eine schöne feucht-fröhliche Zeit, die ich auf dem Schloss zu Witteringe verbrachte, zu den literarischen Lesungen im Sommer. Der Eintritt zum Schlosshof erfolgte durch einen riesigen Rahmen, in dem man wohl auch einen großen Spiegel hätte einlassen können, sodass sich jeder Mann und jede Frau hätte seine Gewänder darin betrachten können und sein Angesicht. Die vorgetragenen Texte und Musikstücke waren einzigartig, so besonders, dass noch heute ich davon schwärme. Auch die angebotenen Köstlichkeiten an den Ständen drumherum, Met und Wein waren außerordentlich geschmackvoll, auch der Schinken und das dort gebackene Brot. Nur unter den Gästen waren einige, die ich milde ausgedrückt als seltsam bezeichnen würde, sie sahen so aus, als entsprangen sie einer anderen Zeit, die nur Ludolfus, der große Gastgeber, wahrscheinlich als die Zukunft bezeichnet hätte. Seltsam, seltsam, in welchen Zeiten wir doch heutzutage leben. Immerhin: Benehmen hatten sie, sie spuckten nicht auf den Boden und trugen Schuhwerk, allerdings eines, das wohl kaum ein hiesiger Schuster hätte zustande bringen können."

Das Geschenk | Britt Glaser

Auf der Burg herrschte ein reges Treiben. Die Hausmädchen lachten übermütig beim Putzen und Herrichten der Zimmer. Die Kinder trugen die Teppiche in den Garten und klopften sie ordentlich aus. Der Stallmeister und seine Burschen waren schon vor Sonnenaufgang aufgestanden und nachdem sie den Stall ausgemistet hatten, striegelten sie die Pferde, dass ihr Fell herrlich glänzte. Selbst der Innenhof der Burg wurde von den Rittern gefegt und aus der Küche duftete es schon den ganzen Morgen über nach allerlei Köstlichkeiten.

Jeder schien heute ein Lächeln auf den Lippen zu haben und pfiff oder summte vor sich hin.

Der Frühling hatte Einzug gehalten. Der Winter war lang und eisig gewesen. Wochenlang hatte es geschneit und die Burg von der Außenwelt abgeschnitten. Das Essen wurde knapp. Doch nun schien die Sonne und hatte den letzten Rest des Schnees schmelzen lassen. Mit ihm waren auch die trüben und trostlosen Gedanken an den Winter verschwunden.

Ein Reiter brachte vor zwei Tagen eine Nachricht für die Burgherrin. Sie öffnete den Brief und brach in Tränen aus, zugleich lachte sie laut und lief in die Küche, um Agnes die frohe Kunde mitzuteilen. „Ludolfus wird endlich heimkehren!"

Auch die Köchin weinte vor Freude und umarmte die Mutter übermütig.

Am Ende des Sommers hatte er die Burg verlassen, um sich zu den weisen Männern zu begeben. Seine Erfindungen wollte er vorstellen und mit ihnen daran weiterarbeiten.

Und nun kam er wieder nach Hause und ein jeder schien sich zu freuen und war nur noch in guter Laune anzutreffen.

Die Sonne senkte sich bereits, als Ludolfus schließlich auf dem Gut eintraf. Alle Bediensteten und Ritter jubelten Ludolfus zu und konnten gar nicht abwarten, endlich von ihm zu hören, was er in der Zwischenzeit alles erlebt hatte, weit entfernt von seinem Zuhause.

Ludolfus lächelte staunend.

Als der Stallmeister das Pferd bei den Zügeln nahm, standen auch schon die Mutter und der Bruder da, um ihn willkommen zu heißen.

„Es ist so schön, wieder hier zu sein", sagte Ludolfus und drückte seiner Mutter einen Kuss auf die Wange. Den Bruder hob er hoch und sagte: „Du bist ja groß geworden. Hättest du nicht bei unserer Mutter gestanden, hätte ich dich nicht wiedererkannt!" An die Mutter gerichtet sprach er: „Ich habe dir ein Geschenk mitgebracht." Dann gab er seinen Begleitern einen Wink und zu zweit trugen sie etwas Großes, in Stoffe gehüllt, herbei.

„Ich hoffe, es gefällt dir", sagte Ludolfus und half dabei, den Stoff abzuwickeln. Darunter befand sich ein Spiegel. Größer als der größte Ritter auf der Burg. Die Mutter betrachtete ihr Spiegelbild und stand mit offenem Mund da. Sie berührte ihn sacht und strich dann über den kunstvoll gestalteten Holzrahmen, der winzige Figuren von Tieren und Schriftzeichen aufwies.

„Das ist ein Spiegel", erklärte Ludolfus den Umherstehenden, die sich bekreuzigten, als sie ihr eigenes Spiegelbild erblickten. Ängstlich sprangen sie zurück.

„Ein Spiegel ist Glas, hinter das man Silber aufgetragen hat.

In dem Silber spiegelt man sich, deshalb nennt man ihn Spiegel! So kann jede Frau, die in den Spiegel schaut, sehen, wie schön sie ist!"

„Gut, dass ich meinen liebenswerten Sohn wiederhabe!", sagte die Mutter und bat die Männer, die den Spiegel hielten, ihn in ihre Kemenate zu bringen. Sofort war eine Magd zur Stelle, um ihnen den Weg zu weisen.

Dann wurden die Speisen zu Tisch gebracht und ein Fest gefeiert, weil Ludolfus heimgekehrt war.

Die nächsten Tage waren noch immer von Ludolfus Rückkehr geprägt, denn alle wollten von ihm wissen, wie es gewesen sei, so weit entfernt der Heimat. Ludolfus gab bereitwillig Auskunft und freute sich über das Interesse. So vergingen die Tage und noch immer herrschte ein fröhliches Treiben auf der Burg.

Ludolfus ging durch das Haus zur Kemenate seiner Mutter, als er Stimmen hörte. „Ja, so müsste es gehen. So können wir ihn stehen lassen, damit jeder sich darin betrachten kann." Dann erblickte er einige der Bediensteten, die vor dem Spiegel standen, der nun auf dem Flur und nicht mehr in der Kemenate der Mutter stand.

Als die Mutter den Sohn erblickte, bat sie ihn, mit in ihr Gemach zu kommen. Sie verschloss die Tür und sagte: „Ich finde es besser, wenn der Spiegel für alle zugänglich steht, ich glaube, jede Frau möchte täglich einen Blick hineinwerfen. Wenn er aber in meiner Kemenate steht, können die meisten Frauen ihn nicht nutzen."

„Du bist so lieb, Mutter, und denkst sogar an die Bediensteten."

Ludolfus sah das ernste Gesicht seiner Mutter nicht und

bemerkte auch nicht, dass sie ihn anlog.

Sie hakte sich bei ihm unter und gemeinsam verließen sie das Haus.

Durch den Garten schlendernd, erzählte die Mutter, wie viel Steuern sie eingetrieben hat, und was ihr die einzelnen Bauern noch schuldeten. „Du solltest dich bald aufmachen und bei den Bauern blicken lassen, damit auch diese wissen, dass du wieder zurück bist und das Haus wieder einen Herrn vor Ort hat."

„Wie ich sehe, hast du alles sehr gut gemeistert", sagte Ludolfus. „Aber sag mir, wo ist der Geistliche, hat er dich nicht mit Rat und Tat unterstützt?"

„Er wollte über das Leben meiner Familie bestimmen, da habe ich ihn fortgeschickt", sagte die Mutter ernst.

Zwei Jungen kamen angelaufen und riefen schon von Weitem: „Habt ihr die kleine Maria gesehen?"

Beide verneinten.

Zurück am Haus waren alle ganz aufgeregt und suchten überall nach der vierjährigen Maria. „Ich habe nur Wäsche in die Kemenaten gebracht, Maria war die ganze Zeit bei mir und hat mir geholfen. Auf einmal war sie fort", erklärte Marias Mutter, die Frau vom Schmied, ganz aufgeregt.

„Wir haben das Haus schon von oben bis unten durchsucht, aber nichts", flüsterte eine Magd.

„In allen Verstecken, die wir kennen, haben wir nachgesehen", sagte Ludolfus Bruder und ließ die Hand eines größeren Jungen nicht los.

Bis die Sonne unterging, wurde nach Maria gesucht und gerufen. Selbst bei Dunkelheit liefen die Männer mit Fackeln und suchten die Gegend ab, doch ohne Erfolg.

Die Tage vergingen und die Hoffnung, Maria wiederzufinden, schwand. Die Bewohner der Burg gingen wieder ihrem Tagewerk nach, doch für die Eltern von Maria war eine Welt zusammengebrochen. Die Mutter weinte ständig und dem Schmied sah man seine Trauer ins Gesicht geschrieben.

Beim Wäschewaschen erzählten Frauen Geschichten von verschwundenen Kindern, die sie irgendwo einmal gehört hatten. Wenn Ludolfus Mutter das mitbekam, guckte sie böse und sofort verstummten die Gespräche.

Auch wenn Maria am hellen Tag verschwand und auch im Haus das letzte Mal gesehen wurde, trug Ludolfus auf, des Nachts die Burg bewachen zu lassen.

Der fast volle Mond schien hell, als Ludolfus nicht schlafen konnte. Er beschloss, einen kleinen Spaziergang durch die Nacht zu machen und verließ sein Schlafgemach. Auf dem Flur sah er eine Gestalt vor der Kemenate seiner Mutter. Leise näherte er sich und erblickte eine Frauengestalt.

Jemand flüsterte. Das Mondlicht schien durch die Fenster und als er nur noch wenige Schritte entfernt war, erblickte er seine Mutter. „Was machst du hier, mitten in der Nacht?"

Es dauerte eine Weile, bis die Mutter den Blick vom Spiegel nahm und Ludolfus anblickte. „Mutter, geht es dir gut?"

Die Mutter schien durch ihren Sohn hindurch zu blicken. „Was machst du hier?", fragte er noch einmal.

Erst jetzt schien es, als nahm die Mutter ihren Sohn wahr. „Ich wollte den Spiegel fragen, wo Maria ist."

„Das ist doch nur ein Spiegel, du kannst dich in ihm betrachten, aber dein Spiegelbild wird dir keine Auskunft geben."

Die Mutter drehte sich herum und verschwand in ihrer Kemenate.

Ludolfus spazierte durch die Nacht und redete ein wenig mit den Männern, die die Burg bewachten, bevor er sich hinlegte und schlief. Seltsame Träume durchzogen seinen unruhigen Schlaf, an die er sich am nächsten Tag nicht mehr erinnern konnte.

„Nun red' keinen Quatsch!", sagte die Köchin. „Du hast zu viel Bier gehabt, das glaube ich!"

Ludolfus betrat die Küche. „So glaube mir Agnes, es war Wirklichkeit," sagte der auf der Bank sitzende Ritter weinerlich, „es war kein Traum. So etwas Schreckliches kann man nicht träumen."

„Was war denn so schrecklich?", fragte Ludolfus.

Der Ritter fuhr zusammen und verschüttete beinahe sein Bier.

„Nun beruhige dich, Theo", sprach Agnes besänftigend auf den Ritter ein. „Du hast, wie wir alle, in den letzten Wochen schlecht geschlafen und wirst während der Wache eingenickt sein. Das ist doch nur allzu menschlich." Dabei schob sie Ludolfus sachte auf die Bank und stellte ihm einen Krug Bier sowie einige geräucherte Würstchen auf den Tisch.

Theo blickte ängstlich und als er seinen Becher griff, zitterten seine Hände.

„Du wirst mich für verrückt halten, aber ich habe es mit meinen eigenen Augen gesehen."

„Was hast du gesehen?", fragte Ludolfus.

„Na, die kleine Maria."

„Nun erzähle die ganze Geschichte noch einmal", bat die Köchin. Sie blickte Ludolfus mit einem ratlosen Gesicht an und zuckte mit den Schultern.

„Ich hatte Wache und bin am Eingang der Zugbrücke bis zum Haupthaus immer wieder auf und ab gegangen. Ich habe mich auch nicht hingesetzt oder hingelegt, ich war wirklich wach und bin die ganze Zeit über hin und her gelaufen. Da hörte ich, wie sich jemand von innen an der Haupttür zu schaffen machte. Da möchte jemand raus und kann die schwere Tür nicht öffnen, dachte ich noch bei mir und begab mich zur Tür. Ich öffnete sie und da innen noch Kerzen brannten, sah ich die Kleine im Raum stehen."

„Maria?", fragte Ludolfus und machte große Augen.

Theo wirkte nun nicht mehr wie ein stattlicher Ritter. Er saß zusammengesunken auf der Bank und hielt mit beiden Händen seinen Krug fest. Dabei hatte er den Blick gesenkt und nickte.

„Sie stand da und ich hatte das Gefühl, sie wollte etwas sagen. Sie streckte die Arme nach mir aus und dann, dann …"

Die Köchin hatte sich mit an den Tisch gesetzt und legte ihre Hände auf Theos, die noch immer den Krug umschlossen hielten.

„Sie stand da und ich glaube, sie wollte zu mir, aber da kam dieses Ding von hinten. Sicherlich halten mich alle für verrückt, aber ich schwöre bei meinem Leben, dass ich es gesehen habe. Es war ein Ding mit vielen schlangenähnlichen Armen. Die Tentakel wickelten sich um Maria und schleiften sie die Treppe hinauf." Theo blickte Ludolfus in die Augen und flüsterte: „Es ist wirklich wahr. Ich habe Maria gesehen und dieses Ding. Nur war ich in dem Moment furchtbar erschrocken und anstatt das Mädchen festzuhalten oder ihm hinterher zu gehen, stand ich nur da.

Bis die Sonne aufging und ich abgelöst wurde", er rieb sich übers Gesicht. „Bin ich verrückt?"

„Nein, Theo, das bist du nicht", sagte Agnes in die bedrückende Stille, die auf einmal herrschte. „Komm, ich fülle dir noch einmal den Becher mit Bier und dann legst du dich nieder und schläfst dich mal richtig aus."

Ludolfus nickte Theo zu und sagte leise: „Es ist besser, du erzählst niemanden etwas davon, schon gar nicht dem Schmied und seiner Frau."

Als Theo die Küche verlassen hatte, schüttelte die Köchin mit roten Wangen den Kopf und sagte: „Oh Jesus Mutter Maria, er hat schon einige Kämpfe an deines Vaters Seite bestritten und nun so etwas. Dabei kann ich mich gar nicht erinnern, dass Geisteskrankheit in seiner Familie liegt."

„Armer Kerl", sagte Ludolfus und trank seinen Becher in einem Zug leer.

Die Nacht war längst hereingebrochen, aber an Schlaf war nicht zu denken. Immerzu kamen die Worte von Theo in Ludolfus Gedanken, zudem hatte er nun Bilder vom Erzählten vor Augen und stellte sich vor, wie er sich fühlen würde, wenn er so etwas gesehen hätte. Er malte sich aus, dieses Ding sei unter seinem Bett und würde nach ihm greifen, sobald er einen Fuß auf den Boden stellte. „Ich bin der Herr in diesem Haus", sagte Ludolfus und erhob sich aus seiner Schlafstatt. „Soweit kommt's noch, dass ich mich vor Ammenmärchen fürchte."

Er warf seinen Mantel über und verließ mit einer Kerze in der Hand den Raum.

Der Flur lag dunkel da. Von irgendwo aus dem Haus hörte

man ein Knarzen. Eine Tür fiel ins Schloss. Es gibt also noch mehr Menschen im Haus, die nicht schlafen können, dachte Ludolfus und ging den Flur entlang. Zwei kleine Lichter waren in der Ferne auszumachen. Sie kamen immer näher. Aus dem Schatten löste sich eine Katze. Ihre reflektierenden Augen blickten ihn erwartungsvoll an. Laut maunzte sie. „Geh Mäuse fangen", flüsterte Ludolfus und ging weiter. Am großen Spiegel angekommen, erblickte er seine Mutter. Sie stand im Nachthemd vor dem Spiegel und schien sich im fahlen Mondlicht zu betrachten.

„Mutter, was tust du denn mitten in der Nacht hier?" fragte Ludolfus irritiert.

„Ich warte auf ihn", sagte die Mutter und lächelte.

„Auf wen wartest du?", hakte Ludolfus nach.

Die Mutter blickte Ludolfus erneut an und sagte: „Mir ist kalt, ich werde zu Bett gehen." Dann drehte sie sich herum und verschwand in ihrem Gemach.

Am nächsten Abend war seine Mutter nicht beim gemeinsamen Mahl zugegen. Ludolfus fragte bei einer Magd, warum die Mutter nicht anwesend sei. „Sie fühlt sich unpässlich und ist im Bett geblieben", antwortete diese.

Ludolfus suchte seine Mutter auf, doch sie schlief. So verließ er das Zimmer und fand sie auch am nächsten Tag wieder schlafend vor.

Die Bediensteten versprachen, sich um die Mutter zu kümmern und darauf zu achten, dass sie genug aß und trank.

Ludolfus verabschiedete sich und ritt mit einem Vertrauten in die Nachbarstadt, um Geschäftliches zu erledigen.

Als er am Abend wieder auf der Burg eintraf, konnte er nicht glauben, was ihm die Ritter an der Zugbrücke mitteilten: Maria war wieder da.

Ludolfus ritt zu den Stallungen, sprang vom Pferd und reichte die Zügel dem Stallburschen. Eilig lief er zur Behausung des Schmieds. Er klopfte an die Tür und trat ein.

Der Schmied sagte sofort: „Unsere Maria ist wieder da. Sie hat noch kein Wort gesprochen, aber sie ist wieder da."

Er wischte sich Tränen vom Gesicht.

Ludolfus blickte Maria an, die steif und mit stierem Blick auf dem Schoß der Mutter saß.

„Sie war im Haus, als Sarah sie im Flur bei den Schlafräumen entdeckte und zu uns brachte."

„Aber wo war sie die ganze Zeit über? Wir haben doch alles abgesucht. Jedes Zimmer und jedes Versteck", fragte Ludolfus.

„Wir haben sie gefragt, aber sie hat bisher noch kein Wort gesagt", antwortete der Vater.

„Morgen wird nichts geschmiedet", meinte Ludolfus, „kümmere dich um deine Familie."

Ludolfus ging zur Köchin und freute sich mit ihr, dass die kleine Maria wieder aufgetaucht war.

„Sie hat sich sicherlich verlaufen, denn sie war schmutzig von oben bis unten," meinte Agnes, „aber warum hat sie niemand über die Zugbrücke gehen sehen? Sie wurde erst im Haus entdeckt. Warum ist sie nicht direkt nach Hause gelaufen?"

„Ich weiß es auch nicht, aber ich bin froh, dass sie wieder da ist", meinte Ludolfus.

Alle waren erfreut, dass Maria wieder zurück war. Die Bewohner der Burg erfanden die wildesten Geschichten. Doch was wirklich geschah, erfuhr niemand.

Selbst Ludolfus gingen im Schlaf grausige Bilder durch den Kopf. Jede Nacht wachte er schweißgebadet davon auf und brauchte dann eine Weile, bis er wieder in die Realität fand. Er setzte sich auf die Bettkante, der Mond warf sein milchiges Licht ins Zimmer. Doch die Ecken und Nischen blieben dunkel und voller ungewisser Schatten. Ludolfus zündete eine Kerze an. Er würde sich etwas die Füße vertreten und dann wieder schlafen legen.

Die Zimmertür machte beim Öffnen ein schreiendes Geräusch.

Ludolfus blinzelte. Er hoffte, das vermeintliche Trugbild würde wieder verschwinden. Der Flur war kniehoch mit Qualm gefüllt. Sofort war er hellwach. Er wusste, dass ein Feuer im Haus in Windeseile alle töten könnte. Es lag allerdings kein Geruch nach Feuer in der Luft. Seine Beine wurden von einer feuchten Kälte umhüllt. „Das ist Nebel", flüsterte Ludolfus. Er lief den Flur entlang, der vor ihm von einem sanften Licht erfüllt wurde. Der Nebel waberte auf den Dielen, wie er an Herbstabenden auf den Feldern lag. Je weiter er ging, umso dichter und höher wurde der Nebel. Nun erkannte er, dass das Licht aus dem Zimmer seiner Mutter zu kommen schien. Der Schein des Lichts brach sich im Spiegel und erhellte so den Flur. Bis zum Bauch reichte ihm der Dunst und war so dicht, dass er seine Füße nicht mehr erblicken konnte. Seine Mutter lag friedlich in ihrem Bett. Wie aufgebahrt, dachte Ludolfus, der mitten im Nebel stand. Es war ein wunderschönes Bild. Wie in einem Traum. Aber es passte nicht in eine Burg, nicht in das Schlafgemach seiner Mutter. Schlagartig wurde ihm klar, dass es hier nicht mit rechten Dingen zuging, zumal das

Zimmer der Mutter erhellt war und nicht eine Kerze im Raum brannte. „Mutter, Mutter", sprach Ludolfus, doch die Mutter antwortete nicht. Er griff sie bei den Schultern und bemerkte, dass ihre Haut sich eisig anfühlte. „Mutter!", rief er. „Mutter! Wach auf!" Er schüttelte sie heftig.

Sie schnappte nach Luft, als wäre sie gerade aus einem See aufgetaucht, fasste sich ans Herz und guckte erstaunt. „Ist alles in Ordnung mit dir?", fragte Ludolfus. „Ja, ich habe gerade so schön geträumt."

„Von Vater?", wollte Ludolfus wissen.

Die Mutter nickte lächelnd, legte sich auf die Seite und schlief wieder ein.

Ludolfus trat vom Bett zurück und bemerkte, dass keine Spur vom Nebel mehr zu sehen war. Nun umgab ihn auch Dunkelheit und nur das wenige Mondlicht sorgte für etwas Helligkeit. Nichts erinnerte mehr an das eben Gesehene, es war nur noch in Ludolfus Gedanken.

Kopfschüttelnd verließ er den Raum und schloss die Tür hinter sich. Er wagte einen kurzen Blick in den Spiegel, der nur sein eigenes Bild wiedergab.

Am nächsten Tag setzte er sich in die Küche zu Agnes. Nach den üblichen Neuigkeiten und dem Besprechen der Speisen, die sie in den nächsten Tagen zubereiten wollte, sagte Ludolfus: „Kann ich dir etwas anvertrauen?"

„Natürlich, du weißt, dass ich immer für dich da bin."

Ludolfus erzählte von der letzten Nacht und dem Nebel, in dem seine Mutter wie gebettet lag.

Die Köchin legte den Kopf schräg und lauschte Ludolfus Worten. Als er geendet hatte, meinte sie: „Jetzt fängst du schon an wie Theo." Sie überlegte einen Moment und sprach weiter: „Also, wenn du meine Meinung hören möchtest, deine Nerven sind momentan nicht die stärksten. Wenig Schlaf, die Angst um die kleine Maria und auch die Sorge um deine Mutter werden dir aufs Gemüt geschlagen sein. Ruh dich mal richtig aus."

„Meinst du, es war nur ein Traum?"

„Bestimmt war es das. Damit so etwas nicht wieder vorkommt, werden wir nun deiner Mutter eine Hühnerbrühe bringen und ihr gut zureden, dass sie mal wieder ihre Schlafstatt verlässt."

Ludolfus erhob sich zustimmend. Er nahm die Schale mit der Suppe und ging mit der Köchin über den Burghof in die Burg. Sie stiegen die Stufen empor ins Obergeschoss, in dem sich die Schlafzimmer befanden. Leise ächzte das Holz der Treppe unter ihren Füßen. Auch Agnes ächzte leise, denn sie war etwas beleibt und es nicht gewohnt, Treppen zu steigen.

Am oberen Ende der Treppe befand sich wieder Nebel, als hätte jemand einen dünnen Teppich ausgelegt. Sie gingen weiter und als sie knietief im Nebel standen, flüsterte Ludolfus: „Es ist wie gestern, nur ist es heute furchtbar kalt."

Sie gingen den düsteren Gang entlang. Die Stimme der Mutter war zu vernehmen. Mit wem sie sprach, war nicht klar, sie stand am Ende des Ganges und lachte fröhlich.

Ludolfus ließ die Suppenschale fallen und rannte rufend los: „Mutter! Nein!"

Die Mutter drehte sich zu Ludolfus und lächelte, dann drehte sie sich wieder zum Spiegel und verschwand. In dem Moment war Ludolfus bei ihr und griff zu. Er packte seine Mutter und zog, doch schon war er auch mit dem Oberkörper im Spiegel versunken. Agnes griff Ludolfus um den Bauch und zog fest. Ludolfus stand wieder im Flur und die Mutter war auch nur noch zur Hälfte im Spiegel, der kein Spiegel mehr war. Anstatt des eigenen Bildes erblickte man nun eine weiße, von Nebel erfüllte Wand. Der Nebel und die aufsteigende Kälte schienen aus dem Spiegel zu sickern. Sie zogen und zerrten an der Mutter, aber der Teil, der von ihr noch im Spiegel war, schien ungeheure Kraft zu haben und saß im Spiegel fest. „Nicht loslassen!" schrie Agnes und zerrte mit aller Kraft. „Komm zurück", flehte Ludolfus.

Ein Stück des Nachtgewandes der Mutter riss und die Köchin fiel mit dem Stoff in der Hand auf den Boden. Ludolfus schaffte es aber, die Mutter aus dieser Anderswelt des Spiegels zu ziehen. Auch er fiel mit ihr auf den Boden. Die Mutter noch immer fest umklammert, konnte er sein Glück noch gar nicht fassen, da schlang sich ein langer Tentakel um die Beine der Mutter, die noch immer Richtung Spiegelöffnung lagen.

„Heilige Mutter Gottes, steh uns bei!", flehte Agnes und trampelte mit dem Hacken auf den Tentakelarm ein, als ob sie voller Ekel und Panik eine Spinne töten wollte. Ludolfus hielt die Mutter fest, die sich aus seinem Griff winden wollte, und Agnes trat schreiend auf den Greifarm. Endlich ließ das schlangenähnliche Gebilde von der Mutter ab und rutschte schwerfällig über den Rahmen des Spiegels und verschwand. „Es ist weg!", rief Ludolfus, mit der um sich schlagenden Mutter in den Armen. „Tu etwas!"

„Was denn?"

„Schlag den Spiegel kaputt, bevor es wieder rauskommt."

Aus der Kemenate der Mutter trug Agnes einen Schemel.

Sie holte damit aus und hätte gern das Glas damit zerschlagen, doch die Spiegelfläche zeigte noch immer wabernden Nebel und so fiel der Schemel mitten in die nun vorhandene Öffnung. Die Köchin ließ gerade noch rechtzeitig los, um nicht mit dem Schemel im Spiegel zu verschwinden.

Wieder glitt ein Tentakel aus dem Nebel. Agnes schrie verzweifelt: „Du bekommst die Herrin der Burg niemals!" Mit aller Kraft drückte sie, als wolle sie den Spiegel zur Seite schieben. Einseitig hob er sich und kippte auf die Seite. Klirrend schlug er auf den Dielen auf und aller Nebel war plötzlich verschwunden.

Die Mutter schaute sich um und fragte: „Was ist denn los?" Sie erblickte die Scherben. „War ich das? Oh nein, das tut mir leid!"

Nachdem Ludolfus und Agnes die Mutter wieder ins Bett begleitet hatten, machten sie sich daran, die Scherben aufzusammeln. In mehreren Eimern transportierten sie die Scherben aus der Burg und liefen eine Weile über Feldwege, bis sie einen Wald erreichten. Ritter Theo begleitete sie und hatte einen Spaten dabei. Gemeinsam hoben sie mehrere Löcher an verschiedenen Stellen aus und vergruben die Spiegelscherben darin. Als Ludolfus einmal über die Schulter sah und sich den Schweiß von der Stirn wischte, sah er, dass die kleine Maria ihnen gefolgt war und nun dabei zuschaute, was sie taten.

Auf dem Heimweg blieb Ludolfus vor Maria stehen und sagte: „Der Spiegel ist zerstört, alles ist nun wieder gut", dann reichte er ihr eine Hand. Sie griff die Hand und gemeinsam gingen die Vier zurück zur Burg.

„Fantastisch, fantastisch ... absolut Weltklasse", jubelte Ludolfus. „Das muss man an dieser Stelle wirklich einmal sagen. Die Fantasie unserer Dichter und Denker scheint außerordentlich grenzenlos zu sein und die Idee, den Spiegel sich zerstören zu lassen, ha ha ha ha", laut schallte sein Gelächter von Mauer zu Mauer über die Köpfe des Publikums hinweg durch die Ohren, durch den Verstand der Menschen. Und Ludolfus redete weiter: „Ha ha ha ha, dabei wissen wir doch alle sehr genau, dass es ja ganz anders war, ist und kommen wird. Denn in Zukunft wird eine ganz andere Form von Zauberei uns beherrschen, von der wir uns kaum ein Bild machen können."

Breit und herrschaftlich gestikulierend drehte sich Ludolfus bei seiner Rede und wandte sich so fast jedem Zuhörenden zu: „Doch wollen wir weiterhin hören, was sich unsere kreativen Köpfe in ihrem Studium zu Hause ausgedacht haben. Die Bühne ist stets frei ..."

Alex und Micha konnten kaum noch den Leseveranstaltungen richtig folgen, weil sie mittlerweile schon das vierte Horn geleert hatten und sich ohne Unterlass dabei abwechselten, Nachschub zu besorgen.

„Weißt du noch", fragte Alex, „die eine Nacht, in der wir uns im Freizeitpark haben einschließen lassen und erst am nächsten Morgen wieder rauskamen?"

„Jo, das war mega", antwortete Michael.

„Wir haben die offen stehenden Buden nach brauchbarem Zeugs abgesucht, viel zu essen hatten die ja

nicht da, nur Zuckerzeugs und Waffeln." Alex sagte:
„Ja, und du hattest irgendwann so eine Friteuse an-
geschmissen, um mitten in der Nacht Pommes zu
machen, die wir ordentlich rot-weiß bespritzt haben.
Ha, ha." Ja, Alex wusste das noch zu genau und Micha erinnerte sich auch noch: „Bis wir dann im Ge-
frierer die Burger entdeckt haben, die kamen direkt
mit in die Friteuse." „Und wollten wir nicht noch
Achterbahn fahren?"
„Genau, wir haben aber leider nicht den Hauptschal-
ter gefunden."
„Und morgens haben wir ganz früh die ersten war-
tenden Gäste kostenlos reingelassen, noch bevor jemand da war, ha. Das war echt der Hammer."

Inzwischen hatte sich ein etwas rundlicher Literat in
die Mitte des Schlosshofs begeben. „Den kenn ich",
sagte Claudia, „der war schon mal bei der poetischen
Nacht im Schloss Horst dabei."
„Olala", ergänzte Alex, „jemand aus der Jetztzeit ,is
in da house', sollte es tatsächlich der Fall sein? Unglaublich."
Der mönchsähnlich gewandete Geselle erhob seine
tragende Stimme: „Na, normalerweise bin ich ja
Mikrofone gewohnt ...
(Aus der Ecke mit dem Schneider und der Magd hörte
man ein lautes „Mikro-was???")
... aber heute müsste es auch so gehen. Ich beginne
mit .... ,Ludolfus, der Träumer'."

Ludolfus, der Träumer | Brigitte Vollenberg

Ludolfus wachte auf. Die Hitze der vergangenen Tage waberte durch seine Kammer. Kein kühles Lüftchen regte sich. Sein Körper war klamm und die Kleidung aus schwerem Stoff scheuerte auf der Haut. Nichts motivierte ihn, die schlaffen Glieder von der Pritsche zu erheben. Er blieb liegen, starrte auf das Fenster, durch das keine frische Luft das Schlafgemach erreichte. Die ekelerregenden Gerüche, die das modrige Wasser des Burggrabens abgab, erzeugten bei ihm einen Brechreiz. Ludolfus atmete nur flach und träumte sich noch einige Minuten in die Welt der Fantasie zurück.

Als die Sonne durch das Blätterdach des nahen Waldes jenseits des Wassergrabens fiel und ihn ein Sonnenstrahl kitzelte, erhob er sich schließlich von dem hölzernen Bettgestell.

Wenn er daran dachte, was ihn heute noch erwartete, was seine Mutter und ihre Berater für ihn arrangiert hatten, wäre er am liebsten gleich auf und davon. Er hätte sein Pferd gesattelt und sich auf dessen Rücken geschwungen und wäre einfach nur losgeritten. Für den Abend war ihm eine holde Maid angekündigt worden, wieder einmal. Seine Mutter war der Meinung, dass es an der Zeit sei, sich eine Frau zu nehmen. Sie erwartete von ihm, endlich in den Stand der Ehe einzutreten und eine Familie zu gründen. Aber auch seine zukünftigen Untertanen wollten ihn verheiratet sehen. Schmerzlich erinnerte er sich an das Mädchen, das ihn in der letzten Woche abgewiesen hatte.

„Die Welt ist voll von schönen Männern", hatte sie gesagt und sich an ihren Vater gewandt.

„Ich empfinde es als eine Zumutung, dass ich diesen Ausbund an Hässlichkeit ehelichen soll." Dabei hatte sie Ludolfus provozierend angesehen. Sie hielt ihre Verachtung ihm gegenüber nicht verborgen. Was nützte es, dass der Vater dieser dummen Gans sich verbeugte und entschuldigte für das wenig tugendhafte Verhalten seiner Tochter. Die Beleidigung traf ihn tief. Er war nicht hässlich, auf keinen Fall. Wenn Ludolfus nur an den Abend dachte, wurde ihm schlecht. Noch so eine Abfuhr lasse ich nicht über mich ergehen, nahm er sich vor. Es gab Wichtigeres als Frauen. Die Stunden bis zum Eintreffen der Gäste, die ein Teil der Verschwörung gegen seine Freiheit waren und nichts anderes im Schilde führten, als ihn in den Stand der Ehe zu befördern, waren genug an der Zahl, um sich seinen Experimenten zu widmen. Er würde die Zeit sinnvoll nutzen und weiter tüfteln. Einige kleine Erfolge konnte er bereits verzeichnen.

Immer wenn Gäste auf der Burg verweilten, hatte er ihren Geschichten mit Spannung gelauscht. So erfuhr er viele seltsame Dinge über die neusten Errungenschaften außerhalb seines kleinen Lebensbereiches. Jeden Fremden, der die Burg betrat, fragte er aus. Jedem Barden, der zu den geselligen Anlässen geladen wurde und von Helden erzählte und vor allem in Heldenliedern über fantastische Dinge sang, heftete er sich an die Fersen und überhäufte ihn mit Fragen. Er spürte, dass es mehr gab, als das, was ihm das Leben heute erträglich machte. Ständig träumte er davon, die Welt zu verändern. Und all seine nächtlichen Fantasien waren zum Greifen nahe. Doch man nannte ihn einen Träumer, der endlich eine Ehefrau brauchte, die ihm die wirren Ideen schon austreiben würde. Jedes Mal, wenn der Hahn jenseits des Burggrabens auf dem Gehöft eines Untertanen krähte und er aufwachte, verflüchtigten sich die Gedanken seiner Träume, die sich immer nur um Erfindungen drehten. Und es blieb ihm nichts anderes übrig, als zu experimentieren und darauf zu hoffen, dass ihm irgendwann einmal etwas ganz Großes gelingen würde, was ihm zu Ruhm, Ehre und Respekt verhelfen würde.

Sein Vater hatte ihm stets interessiert zugehört, wenn er begeistert von seinen Experimenten erzählt hatte. Seine Mutter bezeichnete seinen Erfindergeist immer schon als amüsante Fantastereien.

An diesem Morgen ging Ludolfus in die Burgküche, nahm ein Stück Brot, füllte einen Krug mit Wasser und begab sich in den Burghof. Auf dem Weg von seiner Kammer zur Burgküche begegnete er niemandem. Trotzdem wusste er, dass ihn die jungen Mägde aus ihren Verstecken beobachteten. Sie würden sich kichernd hinter vorgehaltener Hand über ihn lustig machen, aber das war ihm egal. Er hatte eine Idee und die Möglichkeit, diese in die Tat umzusetzen, war ihm im Traum so einfach und so real vorgekommen, dass er, beflügelt von dem Gefühl, heute erfolgreich zu experimentieren, den Rest des Weges rannte. Vom Burghof führte ein schmaler Steg auf eine kleine Insel. Dort standen einige hölzerne Verschläge, die ihn abschirmten. Das, was er vorhatte, war nicht für die Augen anderer bestimmt. Die Möglichkeit bestand, dass sie falsche Schlüsse ziehen würden. Was konnte er dafür, dass die Träume der anderen begrenzt waren und nur durch ihre Unwissenheit ihm seine Genialität absprachen. Sie verstanden ihn schlicht und einfach nicht.

Die Sommerhitze hatte dazu geführt, dass die Blätter an den Bäumen verwelkten und überall, wo das Gras der vollen Kraft der Sonne ausgesetzt war, hatte sie ihm die grüne Farbe genommen. Ludolfus schichtete eben diese Blätter und Grasbüschel auf, legte Feuerholz, das er im Wald rund um das Schloss de Witteringe hatte auflesen lassen, darüber und entfachte ein kleines Feuer. An einer vom Schmied gebogenen Eisenstange befestigte er an Ketten einen Topf, der später, wenn die Flammen emporloderten, das Wasser darin erhitzen würde. Er hatte erfahren, dass das Wasser sich verflüchtigte. Es blubberte, erzeugte Geräusche und wurde weniger und weniger. Der Dampf, der aufstieg, verschwand einfach. Ludolfus stellte sich die Frage, was passieren würde, wenn er den Topf verschloss, fest verschloss. Wohin gingen dann das Wasser und der Dampf? Hirn und Logik sagten ihm, dass der Deckel irgendwann vom Topf fliegen musste. Eine ungeheure Kraft würde freigesetzt werden. Wenn der Dampf dazu in der Lage war, einen Deckel zu bewegen, dann musste diese Kraft auch anderes bewegen. Nur was? Was konnte er nur mittels des Wasserdampfs bewegen, das gleichzeitig einen Sinn in sich barg? Ludolfus versteckte sich hinter einem dicken Baumstamm. Bei seinem ersten Versuch mit einem kleineren Topf war ihm der Deckel direkt vor die Füße gefallen. Was, wenn heute, mit dem Spezialtopf, den er hatte anfertigen lassen, der Deckel weiter flog, ihn gar träfe oder verletzte? Aber nichts passierte. Erst die Zugabe von Donnerkraut verlieh seinem Experiment zwar keinen erkennbaren Erfolg, aber es führte bei seinen Beobachtern, die er hinter den Sträuchern und Büschen im Unterholz jenseits des Wassergrabens wähnte, zu großem Erstaunen. Just in dem Moment, als ein ohrenbetäubender Knall ertönte und der Wasserdampf den Deckel von seinem Topf hüpfen ließ, hörte er Pferdegetrappel von der nahen Zugbrücke. Die Gäste mussten eintreffen. Er vernahm lautes Geschrei. Die Pferde scheuten und warfen ihre Reiter ab. Der Vorführungseffekt seines Experiments hatte gerade, mittels des Donnerkrauts, zur richtigen Zeit eingesetzt. Er nahm wahr, wie die Leute, nachdem sie ihre Pferde wieder beruhigt hatten, zornig ihre Stimmen erhoben und sich wütend wieder auf die Pferde schwangen. Die kleine Kutsche, in der sicherlich das junge Mädchen mit ihrer Mutter saß, drehte und sie verließen den Burghof. Die verschmäht mich wenigstens nicht, dachte Ludolfus. Auch wenn alle mich und meine Experimente belächeln, für mich war diese kleine Detonation von Erfolg gekrönt. Seine zukünftige Braut hatte mit ihrem Gefolge das Weite gesucht, bevor er sie zu Gesicht bekommen hatte.

Ludolfus legte sich in den Halbschatten. Er musste nachdenken. Dieser Dampf ließ ihm keine Ruhe. Wie konnte er diese Kraft nutzen, sinnvoll nutzen. Der Schlaf übermannte ihn. Zuerst träumte er von einem Mädchen. Ihre Gesichtszüge waren lieblich, ihre Haut zart, und am betörendsten waren ihre klaren blauen Augen. Ludolfus konnte sich nicht erinnern, wo er diese junge Frau schon einmal gesehen hatte. Sie schien ihm von einer anderen Welt. Er fühlte, wie sie ihn an sich zog, zaghaft und gleichzeitig fordernd und dann küsste er ihre roten Lippen schmatzend und gierig. Dann stieß sie ihn von sich. Er hörte das Rascheln ihres Gewandes und Schritte, die sich entfernten. Der Wasserdampf, dachte Ludolfus, wie nutze ich den Wasserdampf?

Er erschrak, als plötzlich eine Kutsche an ihm vorbeifuhr. Er hörte das harte Geräusch, wenn die hölzernen Räder über die steinernen Wege rollten. Aber was ihn erstaunte, war das fehlende Getrappel der Pferde. Die Kutsche bewegte sich.

Menschen saßen darin, winkten ihm zu. Er vernahm ein dampfendes Geräusch. Die Kutsche entfernte sich von der Zugbrücke, bog auf den Weg ein, der sich vom Wasserschloss de Witteringe entfernte. Unruhig warf sich Ludolfus im Schlaf hin und her. Wo waren die Pferde, wie bewegte sich die Kutsche? Niemand schob sie und kein Tier zog sie. Ein großer Topf, ähnlich dem seinem, den er für sein Experiment genutzt hatte, war hinten an der Kutsche angebracht und Wasserdampf strömte aus einem Rohr heraus.

„Ja", schrie er. „Ja, das ist die Lösung!" Er setzte sich auf, blinzelte benommen in die Sonne, die unaufhörlich ihren Weg am Firmament weiter abgeschritten hatte. Seine Mutter stand neben ihm. Wütend sah sie auf ihn herab.

„War das deine Schuld, dass unsere Gäste und ihr Gefolge fluchtartig unser Wasserschloss wieder verlassen haben?", fragte sie. Ludolfus sammelte sich, stand auf und umarmte seine Mutter.

„Ich hab die Lösung. Mutter, ich hab die Lösung!", rief er.

„Du hast in der Sonne geschlafen, das ist dir nicht gut bekommen", sagte sie und kopfschüttelnd ging sie in ihrem hübsch bestickten Gewand, das sie zu Ehren der geladenen Gäste angezogen hatte und jetzt von niemandem bewundert wurde, über den Burghof. Sie verstand ihren Sohn nicht. Er ist und bleibt ein Träumer, dachte sie.

Plötzlich ein lauter Schrei, schimpfendes Getöse. „Hinfort mit dir, du elender Gesell", schrie ein Ritter einem anderen entgegen. Ein Schlag eines Schwertes auf ein Schild ertönte, laut und blechern. Die Blicke der Zuschauer richteten sich nach links, wo sich zwei Prügelknaben wie aus dem Nichts eine Schlägerei lieferten. „Wozu, du Bettelbruder des Teufels!", erwiderte der andere lauthals und schlug ebenfalls mit seinem Schwert zu, erwischte mit dem Hieb den Rivalen aber nicht. „Nimm das", schrie der eine. Sein Schlag traf die Rüstung des anderen.

Mittendrin unsere vier Zeitgenossen, die dastanden wie zu Salzsäulen erstarrt. Klarer Reflex: „Sollen wir die Polizei rufen?", fragten sie sich gegenseitig einige Schrecksekunden später. Das hörten Gäste hinter ihnen: „Wer soll denn das sein? Ruft lieber die Wachen!" „Nein", brüllten weitere, „sie sollen es unter sich ausmachen." „Ja, wir wollen Blut sehen." „Ein Goldstück auf den Größeren", wettete jemand.

Ein mächtiger Schlagabtausch schloss sich an, mit Geräuschen krachenden Metalls. Beim Ausholen ächzten die mutigen Ritter unter dem Gewicht des geschwungenen Schwertes und beim Einstecken schrien sie ebenso laut auf. Da fiel der kleinere und leichtfüßige Ritter auf den Boden und musste selbst dort noch weitere Schwertschläge ertragen. Er versuchte, auf dem Boden robbend eine gefährliche Axt zu erreichen. Der überlegene Kämpfer besorgte sich währenddessen einen schweren Hammer. Ganz klar, er wollte ihn K.O. schlagen.

Ein Tritt auf seinen Rücken verhinderte, dass der Kleinere die Axt erreichte. Überdies holte der Hüne aus und ließ den Hammer auf dessen Rüstung fallen, das gab ihm den Rest. Benommen kippte der Strauchelnde zur Seite. Der Sieger riss die Arme hoch und schrie mutig. Das Volk applaudierte.

Dann trat auch Ludolfus in den Ring und rief laut „Mehr davon, bravo, mehr davon." Nun wurde klar, dass es Show war. Der siegreiche Ritter verließ schon rennend den Schlosshof und auch der Besiegte stand vom Erdboden auf, als wenn nichts gewesen wäre und lief leicht humpelnd von dannen.

Nach dieser abwechslungsreichen wie actionreichen Episode suchte ein neuer Vortragskünstler das Geschehen auf und setzte an, den Text über die Entscheidung zu lesen:

Die Entscheidung | Britt Glaser

„… und dieser Knappe Johannes, er hat mich immerzu angelächelt", erzählte Johanna mit roten Wangen und kicherte.
„Und? Erzähl schon weiter! Habt ihr zusammen gesprochen?", horchte Mathilda Johanna aus. Giggelnd hielt sie Johanna am Arm fest. „Nun sag schon!"
„Lass uns ein Stück weitergehen, nicht dass mein Vater noch was mitbekommt."
Die beiden jungen Frauen gingen ein Stück durch den Park und entfernten sich dabei von der Burg.
„Ich glaube, er ist sehr schüchtern", flüsterte Johanna. „Aber er hat mich zum Tanz aufgefordert."
„Nein!", kreischte Mathilda und hielt sich die Hand vor den Mund. „Ihr habt zusammen getanzt? Erzähl schon. Was ist dann passiert?"
„Na, nichts weiter, wir haben getanzt und dann wurde es Zeit heimzugehen."
„Hat er denn auch zum Abschied nichts gesagt?", wollte Mathilda wissen.
„Gesagt hat er nichts … aber er hat mich angelächelt."
„Oh, wie romantisch. Nun zeig mir, wie ihr getanzt habt."
Johanna nahm Mathilda bei den Schultern und sagte: „Du bist Johannes. Als die Musik begann, sind die Damen drei Schritte zurückgegangen, wir haben einen Knicks gemacht, dann sind wir wieder auf den Mann zugegangen. Mein rechter Arm hakte sich in seinen rechten und wir drehten uns drei Mal." Während Johanna erzählte, ging sie die Schritte vor und zurück und hakte sich bei Mathilda ein. „Dann ging er drei Schritte zurück und verbeugte sich tief,

ich machte wieder einen Knicks. Er kam wieder auf mich zu und nach der nächsten Drehung nahmen die Männer die nächste Dame, die ihnen rechts gegenüberstand. So ging der Tanz weiter und ich hatte einen neuen Partner."

„Er hat dich berührt", flüsterte Mathilda.

„Ja, aber nur ganz kurz", meinte Johanna verträumt.

„Bevor er mit allen Frauen getanzt hat und wieder bei mir war, hatten die Musikanten bereits aufgehört zu spielen und füllten ihre Krüge mit Wein."

„Johanna und Johannes", sang Mathilda, griff die Hände ihrer Freundin und sie drehten sich, bis sie außer Atem waren. Johanna führte Mathilda zu einer Bank, die unter einer dicken alten Eiche stand. Sachte drückte Johanna Mathilda auf die Bank. Auf den ersten Blick bemerkte niemand, dass Mathilda blind war. Johanna führte sie von Kindertagen an. Sie erzählte Mathilda alles, was sie sah und so wuchs ein Vertrauen zwischen den Frauen, das es nur selten zwischen zwei Menschen gab.

Johannas Vater war früher Stallknecht und arbeitete sich hoch bis zum Stallmeister. Da man schon früh merkte, dass Mathilda und Johanna sich gut verstanden, zog Johanna mit in die Burg und umsorgte Mathilda. In der Burg zu leben, brachte natürlich Vorteile, die ihr als Tochter eines Knechtes verwehrt geblieben wären. So lernte sie Lesen und Schreiben, Sticken und die vornehme Umgangssprache. Auch das Benehmen bei Hofe, welches man von Höhergestellten verlangte. Sie trug immer schöne Kleider und wurde von Reisenden und Besuchern für ein Kind des Fürsten gehalten.

„Ich glaube, ich werde weder essen noch trinken können,

bis ich Johannes wiedersehe" jammerte Johanna.

„Och du armes Ding, komm lass dich trösten", sagte Mathilda übertrieben mütterlich, nahm Johanna in die Arme und strich über ihren Kopf.

„Was liegt denn da?", fragte Johanna und war für den Moment von Johannes abgelenkt.

Johanna stand auf, ging um die Bank herum und hob etwas in Leder Gebundenes auf. Sie setzte sich wieder neben Mathilda, die das Fundstück mit den Fingern befühlte.

„Das wird sicher jemand hier verloren haben", meinte Mathilda.

„Mal schauen, ob sich der Besitzer ermitteln lässt", sagte Johanna und öffnete das Lederband, welches eine Kladde zusammenhielt. „Oh, welch angenehme Schrift, sie ist sehr ordentlich und schön geschwungen."

„Was steht denn geschrieben?"

„Oh, schöne Maid, mein Herz allein für dich bereit", begann Johanna vorzulesen.

„An dich nur kann ich denken,

zur Sonnen und zur Mondes Stund.

Mein Leben wär vergebens,

mein Leib voll Schmerzen nur.

Müsst ich die Maid zum Weibe nehmen,

die Vater für mich wählte.

Was die Leut auch reden,

mein Herz gehört nur dir allein.

Für uns so will ich aufneh`m jede Pein,

wenn du traumhaft schöne Maid

mir schenkest dein Herz allein."

„Wie wunderbar", flüsterte Mathilda und wischte sich eine

Träne von der Wange. „Was schreibt er noch?"

„15. März 1219, das Wetter ist so trübe und kalt. Wenn doch endlich die Sonne durchkommen würde, um uns etwas zu wärmen.

20. März 1219, wir haben die Festung Blankenstein erobert, es war nicht einfach, aber trotz Hunger, Kälte und hereinbrechender Dunkelheit haben wir es geschafft. Vielleicht war es ja wirklich der Hunger und der Gedanke an ein Dach über dem Kopf, was allen Kraft gegeben hat. Die Speisekammer haben wir in drei Tagen geleert. Morgen plündern wir noch die Schatzkammer und reisen weiter."

„Versteck es, da kommt jemand", flüsterte Mathilda und sagte laut: „Kannst du dich wirklich nicht erinnern, der Barde hat es gesungen. Die Vögel, die Vögel, sie wollten sich was flüstern …"

Johanna sprang sofort darauf an und tat, als überlege sie: „doch dann kamen die Jäger mit ihren Geschützen … ging es nicht so, dieses Lied?"

„Ach, ich weiß es einfach nicht mehr, es wird Zeit, dass mal wieder ein Barde zu uns auf die Burg kommt."

Zwei Ritter gingen über die mit Blumen und Bäumen gesäumten Wege und grüßten Mathilda und Johanna freundlich. Dann rannten drei Buben umher und jagten sich durch den Garten.

„Halt es versteckt und sage noch niemandem etwas von dem Fund, lass uns in der Kemenate weiterlesen, wenn wir nachher allein sind", hauchte Mathilda, damit es auch wirklich niemand mitbekam.

„Das ist eine gute Idee, vielleicht ist der Schreiber ein Barde, der durch das Land zieht."

„Ja, und zwischendurch Burgen erobert und plündert. Ich denke eher, er ist ein Knappe oder Ritter, der brandschatzend durch die Lande zieht und wohl auch auf unserer Burg zugegen war.“

Johanna legte eine Hand auf Mathildas Arm und sagte: „Was, wenn er noch hier ist und in später Nacht einen Überfall auf die Burg plant?“

„Lass uns mal umhören, was vor und auf der Burg los ist“, flüsterte Mathilda und erhob sich.

Die Frauen strichen ihre Kleider glatt und verließen den Park. Sie steuerten die Stallungen an.

„Was treibt zwei hübsche Damen zum Pferdestall?“ fragte Johannas Vater schon von Weitem.

„Ich möchte Samthufe besuchen, geht es ihm gut?“ sprach Mathilda und lief auf die Stallungen zu. Sofort streckte ein brauner Hengst seinen Kopf aus dem Verschlag und ließ sich sichtlich gern über Nüstern und Hals streicheln.

Johanna begrüßte ihren Vater und versuchte, ihn ganz beiläufig auszufragen, ob auf der Burg momentan Gäste verweilten.

„Im Moment nicht, aber vor einigen Tagen hatten wir Ritter mit ihrem Anhang zu beherbergen. Sie hatten bereits einen langen Ritt hinter sich, daher hatte Paul der Hufschmied und die Knechte allerlei zu tun, um die Pferde wieder in Ordnung zu bringen.“

Über den Hof kam ein Pferd galoppiert und stoppte vor den Stallungen. Der Stallmeister gab einem Burschen ein Zeichen, der eilig zu Pferd und Reiter rannte und das Pferd festhielt.

Der Reiter sprang schwer atmend ab und sprach: „Ich muss

zum Grafen, ich überbringe eine eilige Nachricht." Schon kamen zwei Wachen von der nahen Burg heran und nahmen dem Überbringer seine Botschaft ab und baten ihn, mit sich zu kommen.

„Was hat das zu bedeuten", fragte Johanna ihren Vater.

„Sei nicht so neugierig, junge Dame", sagte der Vater und lächelte seine Tochter an.

Johanna wusste, dass es zwecklos sein würde, weiter nachzuhaken, aber vielleicht würde sie beim abendlichen Mahl etwas erfahren.

Nachrichten sprachen sich innerhalb der Burgmauern schnell herum. Meist hatte irgendwer etwas aufschnappen können und ganz im Vertrauen weitererzählt, so machten Nachrichten dann ihre Runden.

Doch auch beim gemeinsamen Mahl plauderte niemand über den Reiter oder seine Botschaft, die er überbracht hatte. Nur Mathildas Vater und seine Ritter waren nicht zugegen. Als Mathilda eine der Wachen ansprach, erklärte dieser, dass der Vater vor dem Abend die Burg verlassen hatte.

„Ob das etwas mit unserem Barden und dem Plündern der Burg Blankenstein zu tun hat?", fragte Johanna ganz leise.

„Lass uns in die Kemenate gehen", sagte Mathilda und hakte sich bei Johanna ein.

„Lies weiter, was in der Kladde geschrieben steht", bat Mathilda und nahm auf dem Bett Platz.

Zwischen schönen schmeichelnden Worten, die von einem liebenswerten Barden hätten stammen können, las Johanna von Plünderungen und sogar von Mord.

„Heilige Mutter Gottes, das sind sehr schlimme Taten, das

Ganze macht mir schon etwas Angst. Dabei sind die Lieder, die dieser Mann aufschrieb, so herzerwärmend schön."

„Ja, Johanna, die Reime sind wirklich zauberhaft, aber wer das schrieb, hat wahrlich zwei Gesichter. Ich möchte wissen, was noch geschrieben steht."

Johanna las, wie das Wetter an verschiedenen Tagen war und wo die Männer geplündert und gebrandschatzt hatten. Detailliert beschrieb der Schreiber, wie sie nachts auf Höfe geschlichen waren, die Männer und Kinder getötet und sich über die Frauen hergemacht hatten, die später auch umgebracht wurden. Um alle Spuren zu beseitigen, wurde auf den Höfen im Morgengrauen Feuer entfacht, das alles niederbrannte.

„Ich möchte das nicht mehr lesen", sagte Johanna.

„Bitte lies weiter, ich will wissen, ob unsere Burg auch erwähnt wird."

Mit belegter Stimme fuhr Johanna fort: „Es wird eine große Herausforderung werden, aber was ist das Leben, ohne ein Risiko einzugehen. Ludolfus de Witteringe soll ein zäher Hund sein und schon einige Schlachten bestritten haben, doch wir sind auch im Kampf erprobt. Mit unserer guten Planung haben wir den Vorteil. Wenn das Fest der Sommersonnenwende begangen wird, wie es unter den Bürgern dieses Landstrichs üblich ist, dann sind die, die ihren Rausch ausschlafen, leichte Gegner für uns. Wir werden das Schloss übernehmen und endlich nur noch für die Verteidigung dieses Gemäuers kämpfen. Nach ein wenig Zeit und guter Worte werden wir von den Grafen und wichtigen Herren schon anerkannt werden. Und wer weiß, vielleicht werden wir den Namen Witteringe zu unserem Namen machen."

Mathilda schrie auf: „Ludolfus de Witteringe! Sie wollen sein Schloss überfallen! Wir müssen es sofort Vater sagen, heute ist der 17. Juni und am 21. soll der Überfall stattfinden."

Sofort gingen die jungen Frauen durch die Gänge der Burg, um den Vater aufzusuchen. Von den Wachen erfuhren sie allerdings, dass der Vater momentan nicht auf der Burg weilte, er war von seiner Reise noch nicht zurück.

Wieder in der Kemenate überlegte jede für sich, was sie tun könnten.

Sie entschlossen sich, einen Reiter zu schicken, der eine Botschaft an Ludolfus überbringen sollte.

Johanna setzte sich an einen Tisch, nahm ein Pergament und begann aufzuschreiben, dass am 21. Juni ein Überfall auf das Schloss geplant sei.

Am nächsten Morgen gingen sie gemeinsam zu den Wachen und baten, einen Mann zu schicken, der eine wichtige Nachricht zum Schloss des Ludolfus de Witteringe bringen soll.

„Junge Damen, ihr solltet euch um euer schönes Haar und eure hübsch bestickten Kleider kümmern, aber nicht um irgendwelche Nachrichten. Sprecht doch erst einmal mit eurem Vater, wenn er wieder auf der Burg verweilt und wenn auch er der Meinung ist, ich soll eine Nachricht überbringen, dann werde ich das selbstverständlich tun."

„Aber es ist sehr wichtig!" sagte Mathilda laut. „Es geht um Leben und Tod."

„Das geht es doch immer bei wichtigen Nachrichten."

„Wann wird mein Vater wieder zurück sein?", fragte Mathilda und musste sich beherrschen, um den Wachmann nicht anzuschreien.

„Ich hörte, er würde heute wieder eintreffen."

Die Freundinnen warteten und als der Vater endlich eingetroffen war, suchten sie den Rittersaal auf.

„Der Graf ist beschäftigt," sagte einer seiner Ritter. „Ihr könnt jetzt nicht zu ihm."

„Es ist aber sehr wichtig, ich muss mit ihm sprechen", entgegnete Mathilda laut.

„Ja, es ist lebenswichtig!", sagte auch Johanna und sah, wie der Graf einem seiner Wachen mit einem Handwink zu verstehen gab, dass er die schwere Tür zum Rittersaal schließen sollte.

Die Tür schlug vor ihnen zu.

„Wir haben Pech gehabt, dein Vater möchte uns kein Gehör schenken", sagte Johanna resignierend.

„Ludolfus hat Pech, stell dir vor, sein Schloss wird überfallen und wir sind schuld daran, wenn alle umkommen. Ich würde doch bis zu meinem Lebensende immer Schmerzen im Herzen tragen, wenn ich den Namen Ludolfus höre."

„Du hast ja so Recht, aber wir können nichts tun."

„Und ob wir was tun können. Wir werden uns selbst auf den Weg machen", sagte Mathilda bestimmt. „Dein Vater ist jetzt nicht mehr im Stall und der Stallbursche, falls er uns sieht, wird uns nicht verraten. Und mein Vater ist mit seinen Leuten ja beschäftigt."

Sie holten ihre Umhänge. „Aber es ist ein weiter Weg, sicher ein halber Tagesritt", gab Johanna zu bedenken.

„Umso eher sollten wir aufbrechen."

Am Stall wies Johanna den Stallburschen an, Samthufe und ein weiteres Pferd zu satteln. Damit es schneller ging, legte sie mit Hand an.

Geschickt saßen sie auf und ritten aus der Burg. Nach einer Weile fragte Johanna: „Was, wenn wir diesen Schurken begegnen, die so Übles vorhaben?"

„Denk nicht an so etwas. Lass uns lieber die Pferde anspornen."

Die Pferde schnaubten und auch für die Reiterinnen wurde es nach einer Weile anstrengend, da sie sonst ja nur zum Spaß und selten so lange ohne eine Pause ritten.

Sie trabten an Feldern und Dörfern entlang, betraten einen Wald, der ihnen kühle Luft schenkte. Die Pferde ließen sie langsam laufen, damit sie sich etwas erholen konnten und damit Johanna Mathilda warnen konnte, falls ein Ast auf den Weg ragen sollte, der die blinde Mathilda vom Pferd stoßen könnte.

„Was, wenn wir doch nicht den richtigen Weg gewählt haben?", fragte Johanna mit Angst in der Stimme.

„Was heißt denn jetzt `der richtige Weg`, du warst doch schon einmal mit deinem Vater auf Schloss Witteringe, als ihr Ludolfus Pferde gebracht habt."

„Ach Mathilda, das ist nun auch schon einige Zeit her und du redest so, als haben wir den Schlossherrn persönlich getroffen. Wir haben die Pferde beim Stall des Schlosses übergeben. In der Küche wurde uns Speis und Trank aufgetischt und dann sind wir wieder zurückgeritten."

„Bist du dir denn sicher, dass wir in die richtige Richtung aufgebrochen sind?"

„Ja, auf jeden Fall, da bin ich mir ganz sicher. Vorsicht, ein Ast!"

Mathilda beugte sich ganz nah zum Hals des Pferdes und ritt unter dem Ast hindurch. „Danke."

„Wärst du mir sehr böse, wenn wir den falschen Weg eingeschlagen haben?", fragte Johanna.

„Natürlich, es geht um das Leben vieler Menschen."

Sie ritten schweigend weiter. Nur das Schnaufen der Pferde und ihre stampfenden Hufgeräusche auf dem Waldboden waren zu hören.

„Johanna?"

„Ja."

„Du weißt, dass ich dir niemals böse sein würde, nicht wahr?"

„Ich bin mir da nicht sicher, aber wenn du es sagst, dann können wir ja nun wieder umkehren, bis zum letzten Dorf vor diesem Wald und dann müssen wir die andere Wegbiegung nehmen. Ich bin so froh, dass du mir nicht böse bist."

Johanna hielt ihr Pferd an und auch Samthufe blieb stehen.

„Oh nein, aber Hauptsache wir finden das Schloss", sagte Mathilda.

„Reingefallen", sagte Johanna und trat ihr Pferd in die Seite, damit es weiterlief, „das Schloss haben wir bald erreicht, es liegt gleich hinter der Kuppe vor uns."

Sie traten aus dem Wald und ritten einen Weg bergauf. Je höher sie kamen, umso mehr konnte man vom Schloss sehen. Sie führten ihre Pferde über die Zugbrücke und blieben vor einem Wachmann stehen.

„Wir müssen mit deinem Herren sprechen, es ist wichtig", sagte Johanna.

Der Wachmann blickte die Frauen an und meinte: „ich werde euer Anliegen weitergeben, wartet hier."

Die Frauen gingen zur Tränke, um die Pferde trinken zu lassen und machten sich am Brunnen etwas frisch. Sie warteten, doch der Wachmann kam nicht wieder.

So banden sie die Pferde fest und begaben sich zum Eingang des Schlosses, wo wieder zwei Wachen standen, die sie nicht auf den Schlosshof ließen.

„Es ist sehr wichtig, wir müssen mit Ludolfus sprechen, bitte richtet ihm aus, Mathilda, Tochter des Grafen Dilling ist hier und muss ihm umgehend eine Nachricht überbringen.“

„Wartet hier, ich werde Ludolfus Bescheid geben“, sagte eine der Wachen und verschwand im Inneren des Schlosses.

Johanna war allerdings das Grinsen der Wachen und das Verdrehen der Augen aufgefallen. Sie berichtete Mathilda davon.

„Warum bin ich nicht als Sohn meines Vaters geboren“ sagte Mathilda wütend.

„Da kommt ein Ritter“, sagte Johanna und stellte sich dem Mann in den Weg. „Bitte entschuldigt mein Auftreten, edler Ritter.“ Der Ritter blickte auf Johanna herab und lächelte.

„Wir müssen unbedingt mit Ludolfus reden, könnt ihr uns zu ihm bringen?“

„Was möchtet ihr von Ludolfus, wenn ihr einen stattlichen Ritter vor euch habt?“

„Hört zu, edler Herr, das Schloss soll angegriffen werden, wir möchten Ludolfus warnen. Bitte bringt uns zu ihm. Bitte. Ich bin Mathilda, Tochter des Grafen Dilling und das ist meine Schwester Johanna. Wir haben den langen Ritt auf uns genommen, um schlimmes Unheil abzuwenden.“

„Wartet hier, meine Damen, genau hier, ich werde sehen, was sich machen lässt.“

Nach einer Weile wussten sie, dass auch dieser Ritter nicht

wiederkehren würde.

„Eine allerletzte Chance haben wir vielleicht", meinte Johanna und führte Mathilda und die Pferde zu den Stallungen.

Ein Junge, etwas jünger als Johanna und Mathilda, lag im Stroh und schlummerte.

„Hallo Till", sagte Johanna. Der Stallbursche sprang auf und machte ein verdutztes Gesicht. „Hallo, gnädiges Fräulein, oder die gnädigen Damen. Was kann ich für euch tun?"

„Till, ich bin Johanna, die Tochter des Stallmeisters von Burg Dilling. Wir kennen uns, ich habe meinen Vater begleitet, als er Pferde gebracht hat."

„Ich erinnere mich", sagte Till.

„Das ist Mathilda, die Tochter des Grafen", stellte Johanna Mathilda vor. Till verbeugte sich und blickte Mathilda weiter erwartungsvoll an.

„Wir sind den weiten Weg zu eurem Schloss geritten, um Ludolfus eine wichtige Nachricht mitzuteilen." Johanna nahm Till bei den Schultern und sprach weiter: „Das Schloss soll angegriffen werden, wenn alle gefeiert und dem Alkohol gefrönt haben. Eine Armee wird kommen und alles umbringen, was ihnen im Wege steht, es wäre nicht das erste Schloss, wo alles Leben ausgerottet wird und den Frauen, bevor sie umgebracht werden, Schlimmes angetan wird. Möchtest du sterben?" Till schüttelte energisch den Kopf. „Möchtest du, dass Männer über deine Mutter und deine Schwestern herfallen, ihnen Furchtbares antun und sie dann töten?"

„Nein, nein, das möchte ich nicht", sagte Till.

„Du kennst sicherlich Wege in das Schloss und zu Ludolfus,

ohne dass dich die Wachen durchsuchen."

Till stellte sich gerade hin und sprach: „Aber natürlich! Ich kenne jeden Ein- und Ausgang!"

„Till, du bist momentan die wichtigste Person auf diesem Schloss", sagte Johanna, „denn die Wachen und der Ritter wollten uns nicht glauben und wären für den Tod aller auf dem Schloss Lebenden verantwortlich. Ich gebe dir hier eine Nachricht an Ludolfus und ein Tagebuch. Bitte, gib dieses Ludolfus persönlich in die Hand. Schaffst du das?"

„Ja, ich werde es Ludolfus persönlich in die Hand geben, ich schwöre auf die heilige Mutter Gottes."

„Du bist sehr tapfer, Till, tapferer als all die Ritter und Wachen zusammen", sagte Johanna und gab Till einen Kuss auf die Wange. „Wenn am 21. Juni keine Anweisungen von Ludolfus gegeben werden, dann versprich mir, das Schloss mit deiner Familie und allen, die dir wichtig sind, zu verlassen. Damit ihr nicht zu den Toten gehört, die später gezählt werden. Gern könnt ihr zur Burg Dilling kommen."

Till nahm das Pergament und die in Leder gebundene Kladde entgegen und nickte. „Ich werde mich sofort auf den Weg machen, der Herr müsste gerade im Speisesaal sein."

„Viel Glück für euch alle", sagte Mathilda und drückte Till die Hand zum Abschied. „Du wirst vielen Menschen das Leben retten, wenn du die Nachricht überbringst."

Till verließ den Stall und rannte über den Platz. „Ich hoffe, er schafft es", flüsterte Johanna. „Wir sollten uns nun wieder auf den Weg machen, hier können wir nichts mehr tun."

Sie saßen auf und ritten heimwärts, froh darüber, den hellen Mond über sich zu haben.

Die Pferde schienen zu spüren, dass es nun wieder heimwärts ging. Sie liefen ruhig und schnell.

In der Nähe des Waldes erblickten sie ein Lagerfeuer. Sie waren unsicher, ob sie einen Umweg reiten sollten, doch da das Feuer in einiger Entfernung brannte, ritten sie weiter.

Auf der Burg nahm der Stallbursche die Pferde entgegen. Er beugte sich zu Johanna und flüsterte: „Es hat niemand das Fehlen der Pferde gemerkt."

Johanna nickte und lächelte.

Bevor sie sich schlafen legten, gingen sie in die Kemenate und richteten Haar und Kleidung, dann begaben sie sich in den Speisesaal, um ein Frühstück zu sich zu nehmen.

Sie waren erleichtert, dass sie niemand auf ihr gestriges Fehlen ansprach.

In den folgenden Tagen waren sie oft in der kleinen Burgkapelle und beteten für das Wohl Ludolfus und seiner Gefolgschaft.

Das Leben war wieder ruhig und unspektakulär. Johanna und Mathilda stickten, nähten oder spazierten durch den Garten.

Auf dem Weg zum Speisesaal hörten sie Mathildas Vater: „Wie ich schon sagte, der Dank ist nicht unser, denn es ist unmöglich, was ihr berichtet … seht, dort kommen sie. Die rechte ist meine Tochter Mathilda, sie ist von Geburt an blind."

„Umso mutiger von ihr, sich auf den Weg zu machen."

Jemand blieb vor Mathilda und Johanna stehen und sprach: „Ich bin euch zu Dank verpflichtet, ihr habt mir und meinem Gefolge das Leben gerettet."

„Das kann doch nicht sein, ich sagte es ja schon", meinte

der Vater. „Ludolfus, du musst dich irren."

Ludolfus blickte sich zum Vater um und sagte: „Ich irre nicht, diese Damen habe ich auf meinem Schloss gesehen. Hätte ich doch nur gewusst, dass sie zu mir wollten. Meine Wachen, dumm wie sie sind, haben ihre Nachricht nicht überbringen wollen …"

„Und vergesst den edlen Ritter nicht, den wir angefleht haben, euch aufsuchen zu dürfen", sagte Mathilda aufgebracht und streckte die Hände nach vorn, um die Hand Ludolfus zu ergreifen. Ludolfus reichte ihr ebenfalls beide Hände und flüsterte: „Ihr seid mutiger als manch Ritter, ich werde auf ewige Zeiten in eurer Schuld stehen."

„Aber das … kann doch nicht …", stammelte der Vater.

„Ihr müsst nicht in unserer Schuld stehen, Ludolfus. Johanna und ich haben es als unsere Pflicht gesehen, etwas zu unternehmen und wir haben gebetet, dass euch nichts zustößt. Und der heiligen Mutter Maria sei Dank, ihr seid gesund und munter hier. Ich hoffe auch, ihr habt Till ordentlich belohnt, denn er war der Mutigste von allen."

„Oh nein, du und Johanna, ihr ward die Mutigsten, ohne euch …"

„Lasst uns speisen und dann erzählt ihr mir in aller Ruhe, warum ihr heimlich die Burg verlassen habt, ihr hättet doch jemanden einweihen können in euer Geheimnis", sagte der Vater.

„Aber das haben wir doch versucht!", sagten Mathilda und Johanna wie aus einem Munde.

Ausgiebig haben sie bei Speis und Trank von ihrem Abenteuer berichtet. Der Vater hob immer wieder stolz den Krug mit Wein.

„Würden die Damen mich hinausbegleiten, zum Dank möchte ich jeder von euch ein Geschenk überreichen.“

„Wir möchten keine Geschenke, was wir getan haben, würde doch jeder tun“, sagte Mathilda und legte eine Hand auf Ludolfus Arm. Ludolfus legte eine Hand auf Mathildas Hand und fragte: „Darf ich euch führen?“

Mathilda nickte lächelnd.

So führte er sie hinaus und Johanna und der Graf folgten ihnen.

Johannas Vater umarmte seine Tochter und küsste sie auf die Stirn. Ludolfus nahm Mathildas Hand und führte sie an das warme Fell eines Pferdes.

„Es ist mein schönstes und sanftestes Pferd, ich habe gedacht, es würde euch, einer so schönen Dame, Freude machen“, flüsterte Ludolfus.

Mathilda strich dem Pferd über den Hals, die Nüstern und ging an seinem Rücken entlang. „Es ist sehr schön und ich danke euch von Herzen“, sagte Mathilda.

Nun brachte der Stallbursche ein ebenso anmutiges Pferd und Ludolfus sprach: „Diese schöne Stute ist mein Geschenk an dich, Johanna. Ich hoffe, du wirst viel Spaß mit dem Pferd haben.“

„Oh, ganz bestimmt“, sagte Johanna gerührt und strich dem Pferd über den Kopf.

Am nächsten Morgen konnte Johanna ihr Glück noch immer nicht fassen und redete beim morgendlichen Mahl immerzu von ihrem Pferd. Ludolfus ging zu den Damen und sagte: „Johanna, du kannst gern zum Stall gehen, ich möchte mit Mathilda durch den Park spazieren, bevor ich die Burg wieder verlasse. Wenn es ihr recht ist.“

„Geh nur zum Stall", sagte Mathilda, hakte sich bei Ludolfus unter und sie flanierten durch den Park.

Ludolfus stellt sich etwas ungeschickt an, aber aus seinem
Gestotter hörte Mathilda heraus, dass Ludolfus noch nie
eine so großartige und mutige Frau getroffen habe. Es wäre
auch das Beste für ihre Häuser, wenn sie sich verbünden
würden. Gern würde er bei ihrem Vater um ihre Hand an-
halten, aber natürlich nur, wenn es noch niemanden gebe,
dem sie versprochen sei und auch nur, wenn es auch ihr
Wunsch sei.

Ludolfus Gestammel war zwar nicht annähernd so schön
wie die Gedichte in der Kladde, doch auch diesmal liefen
Mathilda Tränen über die Wangen, weil sie wusste, dass
Ludolfus Worte ehrlich waren.

Zum Ende der Lesung verbeugte sich der Literat vor der Audienz und ein Applaus brandete auf. Das Publikum war in Stimmung.

„Olala", ob es an dem zunehmendem Alkoholgenuss am mittlerweile schon fortgeschrittenen Abend lag oder die Magie der Texte die Menschen tatsächlich in ihren Bann zu ziehen vermochte, das sei an dieser Stelle dahingestellt. „Olala", rief Ludolfus lauter dem Publikum und dem Künstler entgegen, um so seiner Begeisterung höchstpersönlich Ausdruck zu verleihen. Die Musiker stimmten zu einem kleinen Liedchen an, was so richtig die Laune aller Anwesenden puschte. Unsere vier Gäste aus der Gegenwart waren inzwischen auch schon relativ selig – vor allem Alex und Micha. Sie hielten sich inzwischen in den Armen, was nicht ungewöhnlich war, denn sie beide verband eine dicke Freundschaft. Beide Pärchen wohnten zusammen in einem Zechen-Doppelhaus oder Doppel-Zechenhaus, Baujahr 1920, und teilten sich einen großen, schönen Garten von insgesamt 500 bis 600 Quadratmetern mit prächtigen Blumenbeeten, bunt blühend in den Monaten ohne r.

Nicht immer, aber sicherlich viel öfter als in anderen Nachbarschaften, trafen sie sich zum gemeinsamen Abendessen auf der Terrasse, manchmal spielten sie dabei Karten oder das mittelalterliche Waffen-Darts auf der Konsole, bei dem man unter verschiedenen Waffen diejenige auswählen konnte, mit der man auf die Zielscheibe werfen wollte. Oder sie unterhielten sich einfach nur über dies und das. Bei so viel geteilter Zeit bleibt nicht aus, dass die Nähe untereinander zuweilen so nah sein kann, dass zwischen den Personen bildlich gesprochen nicht mal ein Blatt Papier Platz findet. Männer-Freundschaften (sagt nicht so auch der Volksmund?) sind die besten Freundschaften. Und die beiden Frauen? Natürlich verband auch sie eine innige Freundschaft, wobei sie natürlich auch des Öfteren mal darüber herzogen, welche Attitüden Alex und Micha stellenweise an den Tag legten. Doch Frauen, oder besser Freundinnen, lästern nicht, nein, sie beobachten und bewerten nur. „Cheers", auch Claudia und Isa stießen mit ihren Gefäßen zusammen an, sodass sie laut klangen. Doch während der laut gespielten volkstümlichen Weisen und dem rhythmischen Klatschen des Volkes war das Anstoßen kaum wahrzunehmen. Nachdem die Musiker ihr Spiel beendet hatten und sich auch der Applaus des Publikums und die Bravorufe legten, war erneut ein ruhiger Moment gekommen, da ein neuer Literat, diesmal eine hübsche Literatin, die Bühne betrat, um ihr Werk zum Vortrage zu bringen. Im Gegensatz zu ihrem Vorgänger war sie von normaler Statur und ihr beiges Gewand mit roten Rosenstickereien ließ auch keinen Schluss darauf zu, welcher Zeit sie wohl entstammte, widmen wir uns also ihrem Text:

Die Kugel | Brigitte Vollenberg

Seit Tagen schlief Ludolfus de Witteringe schlecht. Wilde Träume ließen ihn nicht zur Ruhe kommen. Seine Schlafstätte war hart und der volle Mond hatte mit seinem silbernen Licht auch zu seinem Unwohlsein beigetragen. Immer wieder sah er an einer verborgenen Stelle im Wald eine Leiche liegen. Die verzerrten Gesichtszüge erschreckten ihn und die starren Augen blickten ihn klagend an.

Sie hatten sich verabredet, wollten mit ihren schnellen Pferden durch die Wälder reiten. Es machte ihnen beiden Spaß, sich zu messen. Meistens war es Ludolfus, der den Sieg davontrug. Er glaubte, der bessere Reiter zu sein, und er genoss es, wenn er als Erster verschwitzt und müde die hölzerne Brücke von de Witteringe erreichte, die sowohl Ausgangspunkt als auch Ziel ihres wilden Ritts war. Manchmal überließ er auch seinem Freund den Sieg. Dann ritt er ein Stück am Buchenwald entlang, wartete an einer günstigen Stelle, die ihm und seinem Pferd vortrefflichen Sichtschutz bot. Wenn er Pferdehufe auf dem Waldboden wahrnahm, die sich ihm näherten und sich schließlich in der Ferne verflüchtigten, trieb er sein Pferd an, gab ihm die Sporen, und reihte sich hinter seinem Freund wieder ein.

Wild bist du geboren | Dirk Juschkat

Gib dem Pferd die Sporen,
reite durch die Wälder,
wild bist du geboren,
auf Wiesen, über Felder.

Mach immer das Deine, wie es dir gefällt,
sei ungestüm so wie ein Tier;
erkunde die Fremde, den Rest dieser Welt,
am Ende bleibt doch nichts von dir.

Du magst Aventüren,
Kämpfe und die Frauen,
lässt dich oft verführen,
doch nur dir kannst du vertrauen.

Mach immer das Deine, wie es dir gefällt,
sei ungestüm so wie ein Tier;
erkunde die Fremde, den Rest dieser Welt,
am Ende bleibt doch nichts von dir.

Sei ein Mensch deiner Zeit
und zu allem bereit,
geh nur deinen Weg,
egal wie schwer und weit.

Vor einigen Tagen war ideales Wetter, um auf dem Rücken der Pferde durch die Wälder zu reiten. Ludolfus hatte sich vorgenommen, seinen Freund zu einem dieser wilden Ausritte aufzufordern.

Noch bevor die Sonne hinter dem Wald zu sehen war, hörte Ludolfus Pferdegetrappel im Innenhof der Burg.

Er schnellte von seiner Schlafstätte hoch und stürmte hinaus ins Freie. Sein Freund musste die gleiche Idee gehabt haben. Er winkte Ludolfus zu. „Komm! Lass uns losreiten! Ich glaube, heute werde ich es sein, der den Sieg davontragen wird." Ludolfus war begeistert, spürte eine Energie, die durch seinen Körper floss, die ihn an einen Sieg glauben ließ. Er passierte die Küche, nahm einen großen Schluck Wasser und rief nach seinem Knappen.

„Bereite mein Pferd! Schnell, beeil dich! Ich will meinen Freund nicht warten lassen."

Wenig später standen Ludolfus de Witteringe und sein bester Freund an der Zugbrücke. Die Pferde waren aufgeregt, trappelten auf der Stelle, bäumten sich auf. Die Vorfreude der Reiter schien sich auf sie zu übertragen. Die Spannung löste sich erst bei Mensch und Tier, als der Start erfolgt war. Lange Zeit führte Ludolfus Freund den wilden Ritt an. Aber heute konnte sich Ludolfus nicht damit abfinden, als Zweiter an der Brücke anzukommen. Er trieb sein Pferd an und zog an einer breiteren Stelle im Wald an seinem Freund vorbei. Das Gefühl, dem Sieg entgegenzureiten, war unbeschreiblich. Dennoch überlegte Ludolfus, ob er nicht auf den Sieg zugunsten seines Freundes verzichten sollte. Er hatte das bessere Pferd. Es war also nicht nur die Kunst des Reiters, als Sieger an der Zugbrücke zu stehen. Ludolfus ritt daher zu der Stelle im Buchenwald, an der er versteckt abwarten konnte, bis sein Freund vorbeigeritten war. Ludolfus wartete. Sein Pferd bäumte sich auf, schien mit dieser Pause nicht einverstanden zu sein. Aber sein Freund kam nicht.

So weit hinter mir ist er doch gar nicht geritten, dachte Ludolfus. Wo bleibt er nur? Ludolfus Pferd war nass geschwitzt. Es wollte weiter. Unruhig bewegte es sich auf der Stelle und wieherte immer wieder auffordernd. Sein Freund kam nicht. Da muss etwas passiert sein, dachte er. Oder? Er ritt wieder an die Stelle zurück, an der er zu seinem Versteck abgebogen war. Aber die vertrauten Geräusche von Pferdehufen, die auf Waldboden trafen, waren nicht zu hören. Hatte er seinen Freund verpasst? Hatte dieser eine Abkürzung genommen? War er unaufmerksam gewesen? Ludolfus entschied sich, zur Burg zu reiten und am Ziel auf seinen Freund zu warten.

Sein Knappe stand schon bereit, das Pferd entgegenzunehmen, es in den Stall zu führen, trocken zu reiben und zu versorgen.

Ludolfus ließ sich ins Gras fallen und wartete. Eine Magd kam und brachte ihm Wasser und eine Speise.

Des Wartens müde rief Ludolfus nach seinem Knappen und forderte ein frisches Pferd. „Du wirst mich begleiten", sagte er. „Meinem Freund könnte etwas passiert sein. Ich warte jetzt bereits zu lange."

Sobald Ludolfus die Augen schloss, blickte er vor seinem inneren Auge auf den Toten, seinen Freund. Von Trauer befallen fand er nur schwer in ein normales Leben zurück. Sein Freund war nicht gestürzt. Das Pferd hatte ihn nicht abgeworfen. Den Körper seltsam verrenkt, lag er auf der Lichtung. Seine Augen starrten in den blauen Himmel. Das Pferd stand unweit von ihm entfernt und Ludolfus war schnell klar, dass es kein Unfall war. Das Pferd wies keine Verletzungen auf. Und bei näherer Betrachtung stellte er fest, dass sein Freund an einer blutigen Kopfwunde verstorben sein musste. Aber der Waldboden war an dieser Stelle mit Gras und weichem Moos bedeckt. Kein Stein ragte aus dem Grün hervor, keine harte Wurzel hatte sich durch Moos und Grasnarbe an die Oberfläche gebohrt. Die klaffende Wunde musste eine andere Ursache haben.

Als Ludolfus an diesem Morgen aus unruhigem Schlaf erwachte und sich grübelnd auf seiner Schlafstätte hin und her wälzte, fasste er einen Entschluss. Er würde herausfinden, was mit seinem Freund passiert war, woher die seltsame Verletzung stammte. Er war es seinem Freund schuldig, denjenigen zu finden, der ihm diese tödliche Verletzung zugefügt hatte.

„Sattelt mein Pferd!" Wo war nur sein Knappe? Er hatte auf dessen Begleitung gehofft. Ludolfus führte seinen Braunen über die hölzerne Brücke. Modriger Geruch stieg aus dem Wassergraben empor. Die vereinzelten Seerosen erkämpften sich einen Platz am Ufer. Hart klangen die Hufe auf den ausgetretenen Bohlen. Er war sich sicher, dass mindestens zehn Augenpaare auf ihn gerichtet waren und ihm folgten. Ein leises Kichern war zu hören. Diese Weiber, dachte er. Wartet nur, wenn ich zurück bin! Dann hat es sich ausgekichert. Seine schlechte Laune legte sich, als er seinen Knappen aus dem Dickicht der Büsche hervortreten sah.

„Los, hole dein Pferd, ich brauche dich!" Der Knappe verneigte sich und lief auf die Ställe zu.

„Kannst du dich noch an die Leiche erinnern, die wir vor Tagen im Wald gefunden haben?" Der Knappe nickte.

„Wir werden die Stelle, an der mein Freund lag, noch einmal aufsuchen. Los, folge mir!"

Die Pferde spürten, dass es ein wilder Ritt durch den Wald werden würde. Sie wieherten, bäumten sich auf und warteten auf die Kommandos der Reiter. Ludolfus jagte auf die Bäume zu, musste sich an einigen Stellen ducken, weil die Zweige der riesigen Buchen tief hingen und ihn peitschten. Der Knappe hätte durchaus schneller sein können als sein Herr, aber er nahm sein Pferd etwas zurück. Konnte es Ludolfus doch nicht leiden, wenn ihn ein anderer Reiter überholte. Er war sein Untergebener und hatte oft aus Ludolfus Mund gehört, wenn er es wagen würde, sich mit ihm zu messen, würde er degradiert und dürfe ihm in Zukunft nur noch das Wasser reichen.

Ludolfus veränderte die Gangart seines Pferdes. Jetzt trabte es nur noch gemächlich über den weichen Waldboden. An der Lichtung, nahe der Stelle, an der er den toten Körper seines Freundes gefunden hatte, verharrte er. Kurze Zeit später erreichte auch der Knappe den Ort.

„Hier muss es gewesen sein", sagte Ludolfus. „Schau, da! Man kann immer noch sehen, wo er gelegen hat. Das Gras hat sich bisher noch nicht wieder vollständig aufrichten können."

Schwungvoll stieg Ludolfus vom Pferd und schlug die Zügel

um einen Baumstamm. Sie standen am Rand der Lichtung.
„Lass uns heute nach einer Tatwaffe suchen."
„Was für eine Tatwaffe, Herr?", fragte der Knappe.
„Du erinnerst dich, dass der Leichnam eine große Kopfwunde hatte. Die hat sich mein Freund sicher nicht selbst
zugefügt. Von dem Felsbrocken lag er zu weit entfernt, auf
den ist er bestimmt nicht mit dem Hinterkopf aufgeschlagen.
Für eine so große Verletzung muss der Mörder verantwortlich sein."
„Der Mörder?", fragte der Knappe verwirrt. „Mein Herr,
was sagen sie da? Wurde ihr Freund ermordet?"
„Ja", sagte Ludolfus. „Mein Freund wurde ermordet. Da
bin ich mir ganz sicher."
„Aber ich gebe zu bedenken, wenn er vom Pferd gestürzt ist
und sich den Kopf an dem Felsen aufgeschlagen und sich
dann hierher geschleppt hat, würde es die Lage der Leiche
erklären", erwiderte der Knappe. Ludolfus überlegte kurz.
„Gut, dann lass uns zuerst den Felsen dort drüben absu-
chen. So groß wie das Loch in seinem Kopf war, müssten
wir Blut daran finden."
„In den letzten Tagen hat es nicht geregnet. Das Blut wird
also nicht abgewaschen sein", sagte der Knappe. Das viele
Blut, dachte Ludolfus und wandte sich ab. Er wollte seinem
Knappen gegenüber keine Schwäche zeigen. Aber der Anblick von Blut erzeugte bei ihm stets einen seltsamen Druck
auf den Magen.
Erste Sonnenstrahlen fielen durch das Blätterdach der großen, knorrigen Eichen und hüllten den Tatort in helles
Licht. Der Tau, der noch auf den Blättern und Gräsern lag,
funkelte. Die Lichtung sah aus wie ein Feld, überzogen mit

einem Diamantenteppich. Wer nicht wusste, dass hier vor Tagen eine brutal verletzte Leiche gelegen hatte, könnte meinen, es sei der perfekte Ort für ein Schäferstündchen.

Nach eingehenden Untersuchungen an dem Felsbrocken waren sie sich einig, dass Ludolfus Freund sich hier nicht verletzt haben konnte. Der Felsen wies kein Blut auf und auch die Flechten, die an einigen Stellen den Stein bedeckten, waren nicht abgeschabt oder angekratzt.

Ludolfus trat einen Schritt zurück, blickte aus einer anderen Perspektive auf die Stelle, an der die Leiche gelegen hatte. Seine Aufmerksamkeit galt einer Reflektion, die aus der Fülle des Glitzerns heraustrat. Ein winziger gleißender Lichtstrahl traf ihn. Ludolfus schloss intuitiv die Augenlider.

Gleichzeitig hörte er dumpfe Klänge, die durch den Wald dröhnten. Ludolfus riss die Augen auf. Er sah, wie der Knappe aufsprang und sich hinter dem Felsen duckte.

„Was ist das, Herr?", flüsterte er.

Ludolfus blieb ihm diese Antwort schuldig. Das Dröhnen wurde lauter, schien immer näher zu kommen.

„Lass uns zurückreiten!", sagte Ludolfus. „Wir werden ein anderes Mal nach der Tatwaffe suchen."

Ihm waren die seltsamen Geräusche völlig unerklärlich. Aber er hatte diese unheimlichen dumpfen Töne wahrgenommen und es schien eine Bedrohung von ihnen auszugehen. Auch sein Knappe hatte sie gehört und es war keine Einbildung.

Als Ludolfus Tage später wieder zu der Lichtung reiten wollte, weil eine innere Stimme ihn drängte, nach der Tatwaffe zu suchen, konnte er seinen Knappen nur schwer dazu bewegen, sich ihm anzuschließen. Er sah in dessen flehenden Augen, dass dieser Angst hatte, ihn an den unheimlichen Ort zu begleiten.

Doch seinem Befehl konnte sich der Knappe nicht entziehen. Er schwang sich also auf sein Pferd und ritt weit hinter seinem Herren. Der Gedanke, ihn zu überholen, streifte ihn heute nicht. „Wo bleibst du denn?", rief Ludolfus. Der Knappe verringerte die Distanz. Als er mit ihm gleichauf war, bäumte sich der Braune plötzlich auf, gebärdete sich wie wild und warf Ludolfus in hohem Bogen ab und galoppierte davon. Schnell band der Knappe sein Pferd an einen Baum, denn auch dieses war unruhig und aufgeregt. Er half Ludolfus auf. Und da war es wieder, das furchterregende Dröhnen, das sich seinen Weg durch den Wald bahnte und sich wie in Wellen auf sie zubewegte.

Der Knappe überließ Ludolfus sein Pferd und folgte der Aufforderung, sich hinter seinen Herrn zu setzen. Sie ritten zurück. Im Burginnenhof wartete bereits Ludolfus Pferd. Ein Knecht hielt es an den Zügeln und hatte es bisher nicht zur Ruhe bringen können.

Das Erlebte spornte Ludolfus an, nachzuforschen, welch unerklärliche Kraft ihn davon abhalten wollte, die Tatwaffe und den Mörder seines Freundes zu finden.

Er startete erneut einen Versuch. Diesmal ritt er mit einem größeren Gefolge zur Lichtung. An der Grenze zwischen Buchen- und Eichenwald hielten sie an. Sie banden die Pferde fest und zwei Bauern mussten bei ihnen bleiben. Der Rest der Truppe schlug sich bewaffnet durch das Unterholz. Von allen Seiten näherten sie sich. Diesmal passierte nichts.

Sie erreichten die Lichtung. Ludolfus legte den Kopf schräg, veränderte seine Position, blickte auf die Stelle, an der er vor Tagen den seltsamen Strahl wahrgenommen hatte. Der Lichtreflex wurde immer stärker. Er täuschte sich nicht, da lag etwas, von Sand, Moos und der Grasnarbe teilweise bedeckt und strahlte. „Los, komm! Wir sehen uns das gemeinsam an."

Sein Knappe bückte sich. Ludolfus blieb stehen. „Leg das mal frei!", befahl er. Vorsichtig kratzend entfernte der Knappe mit seinen groben schwieligen Fingern die Erde von der Stelle, auf die Ludolfus zeigte. Zuerst war es nur eine kleine weiße, gebogene Fläche. Sie wurde stetig größer, je mehr Moos, Sand und Gras der Knappe entfernte. Dann hielt er eine Kugel in der Hand. Bedächtig, fast ehrfürchtig, lag sie in seinen Händen. Sie glitzerte und eine geheime Strahlkraft schien von ihr auszugehen. Mit seinem Lederwams wischte der Knappe die Kugel ab und drehte sich Ludolfus zu. Im Schatten hatte die Kugel nur eine gewöhnlich weiße Farbe. Erst das Sonnenlicht veränderte ihr Aussehen.

„Lass uns zur Ruhr reiten. Dort werden wir sie im klaren Wasser säubern."

Der Knappe nahm einen Lederbeutel und legte die weiße Kugel hinein.

„Nimm du sie!", ordnete Ludolfus an.

„Herr, so etwas Edles bin ich nicht würdig zu tragen. Sie sollten es in ihre Obhut nehmen." Ludolfus wusste nicht genau, was sie da gefunden hatten. Aus welchem Material war die Kugel? War es die Tatwaffe? Wurde damit sein Freund erschlagen? War er mit seinem Kopf darauf gefallen?

Blutspuren hatten sie auf den ersten Blick keine gefunden. Sie drehten sich um und entfernten sich von der Lichtung. Er nahm den Beutel mit der Kugel an sich. Einen Hinweis darauf, wer der Mörder war, hatte er nicht. Er kannte niemanden, der im Besitz einer solchen Kostbarkeit war. Geschichten über Kugeln hatte er schon oft gehört. Einige hatten ihm das Blut in den Adern gefrieren lassen. Sein kluger Verstand hatte ihm immer gesagt, dass diese Erzählungen eigentlich gar nicht stimmen konnten. Wurde er jetzt gerade eines Besseren belehrt?

Als die Gruppe, Ludolfus voran, die Pferde wieder erreichten, setzte wieder das markerschütternde Dröhnen hinter ihnen ein. Es scholl von der Lichtung aus zu ihnen herüber. Wind fuhr durch die Bäume und schüttelte heftigst die Äste. Sie duckten sich schutzsuchend.

Der Sturm legte sich, die Geräusche verstummten. Ludolfus schickte zwei Bauern zur Lichtung zurück. Nur zögerlich folgten sie seinem Befehl. Sie berichteten, dass es keine Lichtung mehr gäbe. Entwurzelte Bäume hätten diese unter sich begraben.

Ludolfus nahm später die gesäuberte Kugel mit in seine Kammer. Legte sie auf dem groben Holztisch ab. Er suchte lange nach einer Position, bis sie zur Ruhe kam und still liegenblieb. Von seiner Schlafstätte aus sah er immer wieder zur der Kugel hin. Mit einer Mischung aus Stolz und dem Bewusstsein, die mögliche Tatwaffe gefunden zu haben, betrachtete er sie. Aber das Unerklärliche ließ ihn nicht sofort einschlafen. War es die Tatwaffe? Wie kam die Kugel in den Wald? Was hatte das Dröhnen zu bedeuten und welche

Kräfte mussten gewirkt haben, um die Lichtung zu verwüsten? Schließlich übermannte ihn die Müdigkeit und er fiel in einen unruhigen Schlaf.

Als er seine Augen öffnete, war es Nacht. Der Mond musste schon hoch am Himmel stehen. Aber bisher war kein Licht von diesem Himmelskörper in seine Kammer gefallen.
Nach einiger Zeit erfüllte ein gleißendes Licht seine Stube. Die Mondscheibe hatte eine Position am Himmel erreicht, von der aus sie ihre Strahlen direkt auf Ludolfus Schlafstätte werfen konnte. Das Mondlicht fiel auch auf die Kugel. Sie war für das helle Licht, das jeden Winkel seiner Stube erfasste, verantwortlich. Ludolfus stand auf, trat näher an den Tisch heran, starrte auf die Kugel. Und dann entdeckte er etwas Erschreckendes. Er rieb sich verschlafen die Augen, konnte nicht glauben, was er sah. In der Kugel erblickte er die Lichtung und seinen Freund, der verrenkt dalag und der Tod ihn bereits in sein Reich aufgenommen hatte. Ludolfus Herz begann zu rasen. Seine Atmung wurde hektisch.
Er konnte es nicht ertragen, weiter in die Kugel hineinzusehen. Dennoch war er fasziniert von dem Anblick. Sie war zu einer Todeskugel mutiert. Panik ergriff ihn. Er nahm die Kugel, trat an sein Fenster und schleuderte sie mit aller Kraft in den Wassergraben. Die kleinen Wellen, erzeugt durch eine seichte Brise der Nacht, die sich im Mondlicht zu einem glitzernden Teppich vereinten, öffneten sich und nahmen die Kugel mit einem leisen Platschen auf. Das strahlende Licht erlosch nicht. Im Wasser blieb ein weißer Punkt an der Stelle zurück, an der die Kugel versunken war.

Ludolfus war froh, sich der Kugel entledigt zu haben. Er hatte getan, was in seiner Macht stand, den Tod an seinem Freund aufzuklären. Aber den Mörder hatte er nicht gefunden. All die erlebten Ungereimtheiten konnte er sich nicht erklären. Je länger er darüber nachdachte, umso sicherer war er sich, dass eine höhere Macht ihre Finger im Spiel haben musste.

Als der Mond wieder in voller Größe am Himmel erschien und sein silbernes Licht auf den Wassergraben warf, wurde Ludolfus an die Tatwaffe erinnert. An der Stelle, an der er die Kugel mit ihrem gleißenden Licht versenkt hatte, sah er ein weißes Schimmern und die Geschehnisse um den Tod seines Freundes raubten ihm den Schlaf.

In einer besonders hellen Mondnacht wunderte er sich, denn er entdeckte eine zweite weiße Stelle im Wasser des Burggrabens. Und mit der Zeit kamen weitere dazu. Waren es Kugeln, die ein ähnliches Schicksal in sich verbargen wie das seines Freundes?

Am Rande des Geschehens, nicht ganz im Mittelpunkt des Schlosshofs, quasi zwischen Vortragenden und Publikum, ging Ludolfus, der sich zuvor als souveräner Moderator gegeben hatte, auf und ab, schien nachzudenken über das Gehörte und machte den Eindruck, auch bereits einen über den Durst getrunken zu haben. Er murmelte einen Text vor sich hin, den er auswendig kannte:

Nur Dunst | Dirk Juschkat

Kein Weiser kann mir sagen,
warum ich traurig bin;
kein Bruder mich ertragen,
vernebelt scheint mein Sinn.

Ich darbe durch die Tage,
verpeste eure Luft,
erhebe meine Klage
als ehrenloser Schuft.

Und selbst die hohe Minne
versagt mit ihrer Kunst,
ich seh von meiner Zinne
nur Dunst, nur Dunst, nur Dunst.

Oha! Harter Tobak. Unser Ritter schien erheblich zu leiden oder eben unter Alkoholeinfluss zu stehen.

Es bleibt ja auch nicht aus. Bei einer derartigen Groß-veranstaltung. War es zu viel Met oder Wein, oder gar etwas Stärkeres? Sicherlich hatte der Ritter auch eine kleine Schnapsbrennerei. Dass er sich für Experimen-te, die zukunftsweisend waren, interessierte, ist wohl allseits bekannt. Da dürfte als Ergebnis seiner Experimentierfreude durchaus auch mal ein kleiner Aufgesetzter herausgekommen sein. Jedenfalls taumelte er ein bisschen. Oder haben ihn am Ende alle Vortragen-den mit den Texten über ihn und sein Leben ein wenig schwindelig gelesen? Ludolfus klatschte jedenfalls höflich bis begeistert in die Hände und alle anderen taten es ihm nach.

Der Abend war fortgeschritten. So sehr, dass inzwi-schen keine Sonne mehr am Firmament zu sehen war, sogar der atmosphärische Sonnenuntergang war voll-kommen abgeschlossen. Nur noch künstliches Licht, von Kerzen und Fackeln, vielen davon, an jedem Eck-chen, auf jedem Tischchen, an jedem Fenster, an den vorgesehenen Halterungen am Mauerwerk und an allen erdenklichen Stellen leuchtete das offene Feuer. Und auch die Reihen des Publikums waren ausgedünnt, man kann sagen, die zählbaren Köpfe hatten sich um die Hälfte reduziert. Was war geschehen? Micha und Alex, Claudia und Isa hatten nicht wahrgenommen, dass Leute sich verabschiedet hätten und gegangen wären, so wie es ja normalerweise auffällt bei Veranstaltun-

gen, wenn Leute sich zusammentun, um als kleine Gruppe gemeinsam den Ort zu verlassen.
Normalerweise macht sich dann eine gewisse Unruhe breit, vernehmbar auch für alle anderen, die dann selbst für sich überlegen, ob sie nicht auch gehen wollen. Dieses war aber gar nicht der Fall.

„Hey Micha", fragte Alex, „hast du etwa irgendwann mal gesehen, dass hier irgendwelche Leute gegangen wären? Es sind viel weniger da als vorhin." Micha antwortete: „Stimmt, jetzt wo du es sagst, ich habe so der Geschichte gelauscht, dass mir das kaum aufgefallen ist, dass die Leute gegangen sind." Claudia ergänzte: „Nein, irgendetwas ist komisch, ich habe auch keinen kommen und gehen sehen. Zum Beispiel sind auch dieses Schneiderlein und die Magd plötzlich fort." Michael will beobachtet haben, dass an den Bierwagen auch nur noch die Hälfte des Personals arbeitete. „Eine mittlerweile echt schlecht besuchte Veranstaltung", sagte er. „Und wo ist der Moderator?"
„In Luft aufgelöst", sagte Claudia.
Isa, die den ganzen Abend nur Wasser getrunken hatte, meinte: „Mittlerweile kommt mir das echt alles magisch vor. Ihr könnt mich für verrückt erklären, aber wenn man eins und eins zusammenzählt, bei den Dingen, die heute Abend alle passiert sind, könnte man schon an Magie glauben oder nicht?"
„Was meinst du genau?", wollte Micha wissen.
„Erinnert ihr euch noch an den Text, der auf diesem Flyer stand, über den Spiegel, durch den wir am Ein-

gang durchgehen mussten? Das alles ist doch äußerst seltsam, oder etwa nicht? Und nun, wo die Sonne untergegangen ist und plötzlich die Hälfte der Gäste verschwunden, die Hälfte des Personals, der Moderator, der uns täuschend echt vorkam, als wäre er tatsächlich dem Mittelalter entsprungen, und einzelne Leute aus dem Publikum, wie zum Beispiel der Schneider und die Magd, sind plötzlich weg. Ich möchte nicht irre gelten, aber inzwischen ist die Sonne untergegangen und ohne Licht keine Bilder im Spiegel, durch den wir gegangen sind."

„Es gibt aber keine Zauberei, nur Täuschung", erklärte Alex und zeigte ihr gestisch einen Vogel.

Isa bestand auf der Möglichkeit: „Wenn man bedenkt, wie viele Hexen verbrannt, Andersdenkende verfolgt und getötet worden sind, da würdest du dich als Zauberer auch nicht mehr in der Welt offen zeigen: Weil sie versuchen würden, dich zu töten. Und nur, weil wir die Zauberei nicht mehr mitbekommen, heißt es nicht, dass sie tatsächlich nicht existiert."

„Puuuh", sagte Alex und zählte innerlich die Hörner, die er geleert hatte.

Micha sagte dann: „Und wenn Isa recht hätte? Wir sind durch diesen Spiegel gegangen und haben damit eventuell eine andere Dimension betreten, vielleicht hätten wir daran vorbei gehen sollen, und irgendwie scheint es ja doch mit dem Sonnenlicht zusammenzuhängen. Haben sich eventuell im Schlosshof die Ereignisse verdoppelt?

Waren am Ende die Gäste der Jetztzeit und die Gäste

des Mittelalters miteinander vermengt worden? Aus unterschiedlichen Zeiten am selben Ort zum gleichen Termin?"

„Wow!, und wir waren dabei", rief Alex, der sich den ironischen Zwischenton nicht mehr verkneifen konnte. Sie beschlossen, noch einen Text zu hören und dann gemeinsam das Fest zu verlassen. Der trug den Titel: „Wolfsprobleme".

Wolfsprobleme | Brigitte Vollenberg

Ludolfus schreckte aus dem Schlaf hoch. Das Mauerwerk strahlte eisige Kälte aus. Der Atem gefror in seinem Bart. Die Holzscheite im Kamin waren heruntergebrannt. Hatte er geträumt? Was hatte ihn geweckt? Angestrengt lauschte er in die mondhelle Nacht.

Der Winter war hart. Seit Wochen herrschten frostige Temperaturen. Die Bewohner auf Schloss de Witteringe rückten zusammen und versuchten, sich so gut wie es möglich war, gegenseitig zu wärmen. Das Feuer durfte nie erlöschen, aber sie mussten sparsam sein. Die Holzvorräte gingen zur Neige. Der Wassergraben rund um die Burg war schon seit mehreren Monden zugefroren. Ein Sicherheitsrisiko, so konnten sich feindliche Gesellen, die sich unzweifelhaft in den Wäldern herumtrieben, ohne große Schwierigkeiten Zutritt verschaffen.
In den ersten Frosttagen waren die Kinder fröhlich kreischend über das Eis gerutscht. Aber mit zunehmender Kälte trauten auch sie sich nicht mehr ins Freie.
Seit Tagen fielen dicke Flocken aus dem grauen, wolkenverhangenen Himmel und begruben die Landschaft unter einer dicken Schneedecke.

Ludolfus zog die Lammfelle enger um seinen Körper und legte sich zurück. Aber da war wieder dieser langgezogene heulende Ton. Er hatte nicht geträumt. Wölfe, dachte er. Es war abzusehen, dass sie sich der Burg und den Ansiedlungen nähern würden. Einige seiner Bauern hatten ihn aufgesucht und um Hilfe gebeten. Wiederholt beklagten sie den Verlust von Rindern und Schafen. Erst gestern war einer seiner Untertanen bei ihm gewesen und hatte von der blutigen Tat berichtet. Ein völlig zerfetztes Schaf hatte am Rande seines Bauerngehöftes gelegen und mit seinem Blut den Schnee rot gefärbt.

„Wir haben Angst", hatte der Bauer gesagt. „Herr, sie müssen uns helfen. Die Wölfe, diese Bestien, streunen um unsere Ställe und Katen. Sie finden nicht mehr genug Nahrung. Sie bedrohen unsere Familien, besonders die Kinder sind nicht mehr sicher."

Ludolfus war mit seinem Knappen am darauffolgenden Tag zu den Bauern geritten und versprach, jeden Wolf, den er sichten würde, zu töten.

Ludolfus lag auf seiner Schlafstätte und grübelte. Warum kommen diese Tiere so nahe an die Burg und an die Siedlungen heran? Wie kann ich sie vertreiben? Ich muss meine Bauern schützen.

Mehrere unterschiedlich jaulende Laute, die durch Mark und Bein gingen, waren jetzt zu hören. Die Raubtiere versammelten sich. Warum bedienen sie sich nicht an der Nahrung, die die Natur für sie vorgesehen hat?, dachte Ludolfus. Das Rotwild zählt zu ihrer Beute. Und der Schnee dürfte dem Wolf die Jagd erleichtern.

Es klopfte an seine Stubentür.

„Ludolfus, bist du wach? Hörst du auch dieses schreckliche Geheule? Die Wölfe. Sie sind ganz nah."

Seine Mutter trat ein. Er erkannte sie nicht sofort, denn sie trug ihre Kleidung in mehreren Schichten, um die Kälte nicht an ihren Körper zu lassen. Sie hatte ein dickes Wolltuch um den Kopf gewickelt. Ludolfus entzündete ein Licht. Er sah die besorgten Gesichtszüge seiner Mutter.

„Wir werden etwas unternehmen müssen, um uns und die Bauern zu schützen", sagte sie.

„Ich kann mich nicht erinnern, gehört zu haben, dass Menschen von einem Wolf angegriffen wurden. Aber nur weil es mir nicht zu Ohren gekommen ist, muss es nicht so sein", antwortete Ludolfus.

„Ich kann mir vorstellen, ehe der Wolf verhungert, richtet er seine Aggression auf den Menschen. Sein Selbsterhaltungstrieb wird sich über alle Grenzen hinwegsetzen", sagte Ludolfus Mutter.

„Sobald der heftige Schneefall aufgehört hat, werde ich mit einem Gefolge starker Männer die Wälder durchkämmen und die Wölfe aufspüren. Wir werden Jagd auf sie machen. Versprochen."

Leise schloss seine Mutter die Tür hinter sich. Ludolfus fand nicht wieder in den Schlaf zurück. Er grübelte. Die Gedanken schwirrten durch seinen Kopf. Er wusste, dass er auf einer seiner letzten Reisen im Sommer etwas im Zusammenhang mit einem Wolfsproblem gehört hatte. Aber er konnte sich im Moment nicht daran erinnern, wann und wo er diesem Gespräch gelauscht hatte. Sind meine Gedanken bereits eingefroren?, fragte er sich.

Es wurde an diesem kalten verschneiten Wintermorgen gar nicht richtig hell. Aber der Hunger und die Wärme der großen Feuerstelle lockten alle in die Wohnküche. Das Feuer loderte bereits, im steinernen Backofen bekamen die Weizenbrote eine goldene Kruste. Die Köchin hatte für alle Getreidebrei in einem Topf angerührt. Am Ecktisch saß das Gesinde und löffelte gierig und stopfte sich zusätzlich Brocken eines dunklen Brotes in den Mund. Die meisten tranken Wasser oder einen Becher Milch. Der vordere Tisch war den Herrschaften vorbehalten. Aber auch sie aßen nur Grütze. Allerdings hatte die Köchin für Ludolfus und seine Familienmitglieder gedörrtes Obst kleingeschnitten und unter die eingeweichten zerkleinerten Getreidekörner gegeben. In einer flachen Schale lag Weißbrot in Scheiben geschnitten.

Die Stallknechte richteten die Pferde. Das Burgtor wurde geöffnet und ein Trupp Reiter verließ mit den Jagdhunden über die Zugbrücke den Schlosshof, gefolgt von mehreren Männern, die Stöcke und Schalen bei sich trugen. Sie erreichten den Waldrand. Ludolfus befahl den Treibern, sich zu verteilen und den Wald systematisch in einer Reihe zu durchkämmen.

„Schlagt dabei an die Stämme der Bäume oder gegen die Gefäße, treibt die Wölfe mit lautem Geschrei vor euch her."
Die Hunde brauchten keine Befehle, sie wussten, was zu tun war, um die Jagdbeute vor sich her zu hetzen.
„Wir reiten durch das Waldstück hindurch bis zum Feld. Dort werden wir die grauen Räuber in Empfang nehmen und niederstrecken."
Die gespenstische Stille der Winterlandschaft wurde durch das Gegröle, den Krach des Fußvolkes und das Bellen der Hunde durchbrochen. Ludolfus und die Jäger hoch zu Ross beobachteten vom Feld aus die Kulisse des Waldes.
Ihre Augen begannen zu tränen. Sie nahmen jede Bewe-

gung wahr. Die Treiber schafften es aber auch, das Rotwild mit ihrem Radau vor sich her zu treiben. Vorsichtig und scheu trat das Wild aus den Bäumen heraus und stand schutzlos auf dem Feld. Einen Wolf aber sichtete Ludolfus an diesem Tag nicht.

Er brach die Treibjagd erfolglos ab.

Am Abend saßen sie zusammen am Feuer und überlegten, dass alte herkömmliche Jagdarten die besseren seien, um die Wölfe zu töten. Sie bereiteten Wolfsangeln vor. Diese aus Eisen geschmiedeten Haken wurden mit Fleisch umhüllt und mit einem Seil an einen dicken Ast gehängt. Der Wolf witterte die Beute, sprang danach und biss in das Fleisch. Dann hing er an der Angel wie ein Fisch und musste jämmerlich verrecken.

Zwei Knechte zogen am nächsten Tag zu Pferde wieder los. Einige Bauern begleiteten sie. Sie verteilten Wolfsangeln im nahen Wald rund um de Witteringe. Als sie das Seil für die dritte Wolfsangel um den unterarmdicken Ast einer Eiche schlingen wollten, entdeckten sie in der Ferne Wölfe. Leise bewegten sich die Tiere geduckt zwischen den Stämmen der Bäume. Liefen hin und her. Sie kreisten die Menschen ein. Diese ließen alles fallen und stoben schreiend auseinander. Vier von ihnen konnten sich in die nahe gelegene Waldhütte retten. Die Todesschreie der anderen zeugten davon, was mit ihnen geschah. Als es dunkel wurde, zündeten die Überlebenden Pechfackeln an, die in der Waldhütte lagerten und machten sich auf den Weg zurück zur Burg de Witteringe.

Die Bewohner der Burg scharrten sich um die Heimkehrer und lauschten ihren schaurigen Geschichten. Sie bezeichneten die Wölfe als Bestien mit Schaum vor dem Mund und rot leuchtenden Augen. Sie behaupteten, diese wilden Tiere seien mit dem Teufel im Bunde.

„Der Wolf ist ein Geschöpf des Bösen", sagte einer der Knechte und schüttelte sich angewidert.

Ludolfus bekreuzigte sich und empfahl die armen Seelen der Getöteten in Gottes Hand.

Es lag abermals eine schlaflose Nacht hinter ihm, als er am nächsten Morgen mit einigen mutigen Männer in den Wald ritt und das Schlachtfeld betrachtete. Sie bargen die Überreste der Toten. Aber auch ein Wolf hatte sein Leben lassen müssen. Ihm steckte noch die Klinge seines Widersachers in der Brust.

Diesen Wolfkadaver hängten sie in der Nähe der Zugbrücke an einem Wolfsgalgen auf. Jeder sollte sehen, was den Wolf erwartete, der sich der Burg nähern würde.

Ludolfus überlegte, es ist sicher keine Abschreckung für die Wölfe, die diese Gegend zur Zeit unsicher machen. Er war nicht abergläubisch. Wusste er aber genau, dass alle anderen Burgbewohner, ob Familie oder Gesinde, diese Demonstration des toten Wolfes als Zeichen sahen, das Böse von dieser Stätte fernzuhalten. So ließ er es geschehen.

Auch in der folgenden Nacht wurde Ludolfus wieder vom Wolfsgeheul geweckt. Und wieder dachte er angestrengt nach, bis das erste zarte Licht der Wintersonne in seine Kammer fiel. Ihm war wieder eingefallen, wo er dem informativen Gespräch über Wölfe gelauscht hatte. Er konnte die Burg, auf der er zu Gast war, nicht mehr benennen, aber er erinnerte sich an die gut ausgestattete Bibliothek, in der er eine seiner Erfindungen einem erlesenen Gremium vorgestellt hatte. Dort hatte jemand erzählt, dass das Problem mit den Wölfen durch den Menschen gemacht wurde. Dieser weise alte Herr hatte erwähnt, dass nicht jede Erfindung auch gleich Fortschritt sei.

„Die Erfindung des Räderpfluges trägt die Schuld an dem Wolfsproblem", behauptete damals der alte Mann. Er listete die Vorteile auf und kam zu dem Ergebnis, dass die Böden schneller und effektiver bearbeitet werden konnten und größere Ernteerträge erzielt wurden, wenn der Pflug auf Rädern befestigt durch die Erde gezogen wurde. Die Nutzflächen dehnten sich mehr und mehr aus und immer weitläufigere Waldflächen wurden gerodet. Und wenn es weniger Wald gab, gab es auch weniger Rot- und Schwarzwild. Dieses wurde seines natürlichen Lebensraumes beraubt. Es gab einfach nicht mehr genug natürliche Nahrung für die Wölfe. Ludolfus nahm sich vor, einen ausgewogenen Plan für seine Ländereien zu entwickeln, der niemanden hungern ließ. Aber dem Ruf nach weiteren Waldrodungen wollte er Einhalt gebieten. Eine Chance für den Wolf, aber auch ein Stück mehr an Sicherheit für sich und seine Untertanen.

Das war eine Geschichte ganz nach dem Geschmack unserer Mittelalter-Fans, die Fantasie war angeregt. Und da alle bis auf Isabelle einen über den Durst getrunken und sich ohnehin schon im Geiste mit der mittelalterlichen Zauberei auseinandergesetzt hatten, bot diese Wolfsgeschichte nun den Nährboden für weitere Assoziationen in deren Köpfen. Dazu gesellte sich die Finsternis und das Bild des Waldes, durch den sie noch hindurch mussten. Der Keim für eine live erlebbare Horror-Geschichte war gesät und nun mussten Micha und Alex, Claudia und Isa zusehen, wie sie damit klarkamen, wie sie ihre Fantasie steuerten und gegebenenfalls die damit verbundenen Ängste. Auf ihrem Heimweg sollte wohl besser jetzt nichts Unerwartetes passieren, sonst könnte es sein, dass der eine oder andere eventuell ein wenig, sagen wir, abergläubisch werden würde, vielleicht sogar ängstlich. Während Alex nur ein wenig zynisch mit ein paar Klatschern dem Vortrag applaudierte, honorierten die anderen drei den Beitrag mit ihrer vollen Begeisterung.

Alex sagte als erstes: „Na, dann können wir jetzt wohl aufbrechen, oder?" Und Isa entgegnete: „Natürlich. Und hoffentlich wird uns kein Wolf begegnen. In der letzten Zeit sind ja einige hier in der näheren Umgebung gesichtet worden."

Micha scherzte: „Hat nicht auch die Satire-Partei die Bewaffnung der Wölfe gefordert, als Gleichberechtigung, damit sie sich gegen Jäger verteidigen können, ha ha ha ha?"

Isa blieb sachlich und sagte in die Runde: „Wenn ihr

dann alle euer Zeugs habt, dann können wir losgehen."
Alex machte Ansätze, so zu heulen wie ein Wolf.
Als sie an der Schlossbrücke ankamen, bot sich ihnen
ein anderes Bild als das, was sie erwartet hätten.
Denn der Spiegel, durch den sie anfangs durchgehen
mussten, der stand nicht mehr an dieser Stelle, an der
er vorher stand, sondern war einfach schlicht ange-
lehnt an der Brüstung der Brücke und Isa war dann die
erste, die sofort dorthin rannte, um ihn zu prüfen.
„Mal sehen, was es mit dem Geheimnis auf sich hat",
sagte sie und tastete den Spiegel an allen Seiten ab.
Doch zu ihrer großen Ernüchterung musste sie feststellen, dass es tatsächlich ein herkömmlicher Spiegel
war, den man so hätte vielleicht als Antiquität erwer-
ben können. Ein normaler Rahmen, eine normale spie-
gelglatte Oberfläche, und wenn man sich davor
betrachtete, konnte man sein Spiegelbild darin sehen.
Auch wenn es nun zu dieser Zeit relativ wenig Licht
gab, hielt der Spiegel der Überprüfung stand: Es war
klar. Er war herkömmlich und kein Zauberspiegel.
Isa sagte: „Nun kann man also gar nicht feststellen,
ob der Spiegel die Kriterien erfüllt, ein Zauberspiegel
zu sein, oder nicht. Denn wie ist es so schön auf dem
Informationsblättchen beschrieben worden: Der Zauber entfaltet sich nur im 100. Jahr und auch nur dann,
wenn die Sonne stark genug scheint. Der Tag ist vorbei
- wir müssen weitere 100 Jahre warten." Sie konnte
sich ein Lachen darüber nicht verkneifen. 100 Jahre,
bis der Zauber wieder möglich ist.
Plötzlich ein Blitz am Himmel und kurz darauf ein

Donner.

„Oh, neee", riefen alle unisono und zack, fielen auch schon die ersten Tropfen.

Dann kamen starke Winde auf und Regen.

Wenig später goss es wie aus Eimern und der Schlossteich schwoll an.

Isa rief den anderen zu: „Nicht, dass das nun der andere Teil des Zaubers ist und sich der Schlossteich seinen Spiegel zurückholen will. Dann finden wir uns gleich in einer riesigen Schlammlawine wieder."

„Ja, ja", ergänzte Alex. „Und nach Jahrmillionen findet man unsere Menschenskelette zusammen mit dem Spiegel in einem trockenen Felsgestein."

„Zusammen mit Dino-Eiern", lachte Michael.

„Lasst uns jetzt einfach nach Hause gehen. Nass sind wir eh schon. Denkt dran: Eichen weichen. Buchen suchen."

„Noch son Blödsinn", meinte Alex.

Dann stapften sie los. Beim nächsten Donner erloschen die Laternen, deren Licht sie hätte nach Hause begleiten können.

Im dichten Wald war es düster und kalt, doch blieb keine Ruhe, keine Zeit für den Halt, und für den Schutz vor dem Wetter reichten die Kronen der Bäume. Das Dickicht der Dunkelheit hatte schon seine Geheimnisse. Und so gab die Natur das ihrige preis. Ein Heulen ertönte. Die Leute schauten einander an. Rissen die Augen weit auf, als dann ...

In der Finsternis, nicht weit von ihnen, war es zu erkennen, das Pärchen des Augenblicks. Isegrim hat sie erfasst.

„Ich wusste es doch, seht da!", erschreckte Claudia. Die Saat der Fantasie ist aufgegangen.

„Huhuhhhhhhh", heulte Alex, um sie noch extra aufzuziehen.
Isabelle war schon voraus.
Und Micha dachte an die Jäger, die den Wolf jagen könnten. „Mannomann, das war ein Horn zuviel", dachte er.

Brigitte Vollenberg

*1953 in Dorsten, Dipl. Betriebswirtin, seit 2009 Schriftstellerin
Ihre Kurzgeschichten beschäftigen sich mit Geschichten, die das
Leben schreibt. Aber sehr oft bewegen sich die Texte in eine
kriminelle Richtung. Wichtig ist ihr aber stets eine humorvolle
Ausrichtung. 2013 Nominierung für die Vestische Literatur-Eu-
le, 2014, 2015, 2016 Prämierung im Rahmen der Ruhrfestspiele
Recklinghausen. Sieger der Literaturausschreibung des Orts-
marketing Raesfeld.

Veröffentlichungen
Wolkenlos chaotisch, 2013, demnächst in überarbeiteter
Neuauflage, Urlaubsroman | *Gladbecker Anekdoten und
Geschichten*, Wartberg Verlag 2015 | *Beziehungsdschungel*
Regiokrimi und *Inselhopping* Inselkrimi demnächst in Neu-
auflage | *Piranhas im Schlossgraben*, Lyrik (Dirk Juschkat)
und Kurzgeschichten (Brigitte Vollenberg), BoD Juli 2018

Regelmäßige Veröffentlichung von
Kurzgeschichten in Anthologien
und Literaturzeitschriften.
Die stattliche Anzahl von einhun-
dertvierzig Einzelveröffentlichungen
ist bereits überschritten.

Kontakt
www.brigittevollenberg.de

Britt Glaser

lebt mit Familie und Hund in Oer-Erkenschwick. Ein Studium
zur Autorin wurde 2009 bei der Studiengemeinschaft Darm-
stadt erfolgreich absolviert. Ihre Geschichten und Gedichte sind
in Anthologien erschienen. 2011 erreichte sie mit der Geschichte
Der erste Urlaubstag den 2. Platz des Literaturpreises „Dors-
tener Lesezeichen".
Das Gedicht *Wahres Leben* wurde vom „Literarischen Arbeits-
kreis Dorsten" zum Gedicht des Monats Oktober 2012 gekürt.
Die Geschichte *Nachtschatten* erreichte im November 2013
den 2. Platz beim Corona Magazine. Im Dezember 2013
erreichte die Geschichte *Die alte Frau* ebenfalls den 2. Platz
beim Corona Magazine. 2017 wurde sie für die Vestische
Literatur-Eule der neuen literarischen Gesellschaft nominiert.
Neben Kurzgeschichten verschiedener Genre erschien im
Oktober 2014 das Kinder- und Jugendbuch *Das Herz von
Arkamoor* im Schweitzerhaus-Verlag.

Ein Fantasy-Roman für Kinder ab
10 Jahren. 2019 wurde der 2. Band
Gesang der Ketanuren veröffent-
licht. Seit 2015 leitet sie mit großer
Freude Schreibwerkstätten für
Kinder im Bereich Kreatives
Schreiben.

Kontakt
www.britt-glaser.hpage.com

Dirk Juschkat

*1962 in Gladbeck, Dipl. Verwaltungswirt, seit 2011 Schriftsteller. Seine Werke handeln von der Vielfalt des menschlichen Alltags und den damit verbundenen Themen und Erlebnissen, die er auf unterschiedlichen Betrachtungsebenen verarbeitet. Sie sind mal persönlich, mal abstrakt – selbst erlebt oder ausgedacht – und meistens in einer klassischen Reimform gehalten.

Veröffentlichungen (Gedichtbände)
Längswege, Wunderwaldverlag Erlangen 2011 | *Abgebogen*, cenarius Verlag Hagen 2011 (auch als Audio-CD und eBook, 2013) | *Leise Gedanken*, cenarius Verlag Hagen 2012 | *Gereimte Kurzgeschichten*, Amazon Independently published 2017 | *Piranhas im Schlossgraben*, Lyrik (Dirk Juschkat) und Kurzgeschichten (Brigitte Vollenberg), BoD Juli 2018

Seit 2013 auch eigene eBooks mit veröffentlichten und unveröffentlichten Texten. Weitere Gedichtbeiträge in mehreren Anthologien und Einzelwerken.

Kontakt
www.dirkjuschkat.de

Harald Landgraf

absolvierte 1998 sein Studium der Germanistik- und Kunstwissenschaften an der Universität Gesamthochschule Essen. Der Autor und Journalist befasste sich schon zu Studienzeiten mit seiner Heimatstadt Gladbeck. Thema damals: Die Zeitungsgeschichte dieser Kommune.
Ende 2014 erschien das Sachbuch *Du mein Gladbeck* im Anno-Verlag. Im Jahr 2019 folgt zum 100-jährigen Stadtjubiläum ein Buch über die 20er Jahre in Gladbeck. Themen sind Reportagen der damaligen Zeit.

Belletristik erschien ebenfalls wie etwa *Rogalla Tunes* 2008 oder *Ritter Papp Pepper* 2010. Glanzpunkte waren Lesungen anlässlich der Nominierung zur Vestischen Literatureule 2012 und 2013 mit je 2. Plätzen beim Publikumspreis und der 3. Platz beim poetry slam-Jahresentscheid 2013 in Gelsenkirchen hinter Jan Philipp Zymny und Jay Nightwind.

Kontakt
landgraftexte@gmail.com

Titelillustration: ©Ulrich Queste
Satz & Titelgestaltung: Nora Bojarra